Rosalie Linner
Heimatsuche

Rosalie Linner

Heimatsuche

Aus Maries Leben

rosenheimer

© 1995 Rosenheimer Verlagshaus GmbH & Co. KG

Dieses Buch erscheint im Rosenheimer Verlagshaus
GmbH & Co. KG, Rosenheim
Umschlagfoto: Bruno Mooser, Straubing
Satz: Buch-Werkstatt GmbH, Bad Aibling
Druck und Bindung: Druckerei Ebner Ulm

ISBN 3-475-52808-8

Inhalt

Eine notige Dienstmagd

Schrill und erregt befahl die Bräuin die Dienstmagd zu sich in die Stube. Die Neuigkeit, die ihr heute zugetragen worden war, mußte geklärt werden, jetzt und sofort.

Ruhig und abwartend stand das Mädchen Therese an der Tür, bereit, das Gewitter, das über ihm schwebte, über sich ergehen zu lassen. Mit drohender Stimme stellte die Bräuin die Frage, die sie so sehr gefürchtet hatte: »Wer ist der Vater von deinem Kind?« Als das Mädchen schwieg, kam die Frage noch lauter, drohender: »Auf der Stell' sagst mir seinen Namen!« Als diese Frage immer noch nicht beantwortet wurde, kam die Bräuin mit funkelnden Augen, die nichts Gutes verhießen, auf Therese zu. Ihre Befehle zu mißachten, ihr eine Antwort zu verweigern, das hatte es in diesem Haus noch nie gegeben.

»Das ist ja ungeheuerlich, was erlaubt sich diese Dienstmagd!« Therese rührte sich immer noch nicht. Still und ruhig stand sie an der Tür, als sei sie zu der Antwort, die sie geben mußte, noch nicht bereit. Doch dann sprach sie in die Stille hinein das Ungeheuerliche aus: »Martin, … Ihr Sohn ist der Vater von meinem Kind.«

Die Bräuin rang sichtlich nach Atem, sie schien das Gehörte nicht fassen zu können. »Was sagst Du da?« Therese nickte leicht mit dem Kopf und sagte »Martin«.

»Mein, unser Martin?« schrie die Bräuin. »Du verlog'nes Luder du, sag das net noch einmal! Martin, ha, daß i net lach'! Hätt'st di da als Bräuin reinsetzen wollen, ha? Das tät dir, der notigen Dienstmagd so passen, du Schlamp'n! Und jetzt pack' dei Sach' z'samm und verschwind, du und dei Bankert. Für so was wie dich is' in mein'm Haus kein Platz.«

Mit gesenktem Kopf, aufgewühlt in ihrem Innern und zutiefst deprimiert, verließ Therese die Stube. So beleidigend hatte sie sich das Gespräch mit der Bräuin nun doch nicht vorgestellt. Sie wurde verlogen genannt, doch ihr Bekenntnis war die Wahrheit: Martin, der Sohn des Hauses, war der Vater ihres Kindes.

Ganz benommen von dem Gespräch, trat Therese ins Freie. Bevor sie das Haus verließ, hielt sie noch einmal Rückschau über ihr bisheriges Leben und dachte über die Zukunft nach, die eine ihr unbekannte Wende nehmen wird. Von Weinkrämpfen geschüttelt, ließ sie sich auf der kleinen Bank unter dem Holunderstrauch nieder. Hier hatte sie so oft gesessen, wenn sie das Heimweh plagte und die Sehnsucht nach dem kleinen Haus an der Mörn übermächtig wurde. Ihre Gedanken gingen zurück zu dem Tag, an dem sie von zu Hause Abschied genommen hatte, um ein eigenständiges Leben zu beginnen.

Der 2. Februar 1904 war auf dem Kalender gestanden – Mariä Lichtmeß. Es war der Tag, an dem die Dienstboten seit jeher ihre Arbeitsplätze auf den Höfen wechselten, um bei einem anderen Bauern einzustehen, der ein paar Pfennige mehr zahlte und besseres Essen gab. Auch für

Therese war heute der Tag des Abschieds gekommen. Die Esterschneiders, die in den kleinen, niederen Haus am Ende des Dorfes wohnten, waren bescheidene Leute. Sie lebten von der Hand in den Mund, von einem Tag zum andern. Die Kinder, von der Schule entlassen, wurden zu den umliegenden Bauern verdingt, damit man einen Esser weniger am Tisch hatte, der die Armseligkeit noch vergrößert hätte.

»So, Dirndl«, sagte die Mutter und tauchte ihren Finger in den Weihbrunnkessel. »Jetzt pfüat di Gott, arbeit fleißig, damit d'Leut' z'fried'n san mit dir, bleib brav und mach mir koa Schand.« »Ja, Mutter«, antwortete die 14jährige Therese, »i' werd' scho auf mich aufpass'n«. Mit diesen Worten nahm sie ihr Bündel – viel Staat war damit nicht zu machen – und schritt hinaus in das Schneetreiben, in die winterliche Kälte.

Während sie die verschneiten Wege entlangstapfte, nahm sie Abschied von dem kleinen Dorf, das eingebettet in das Tal des Mörnbaches, umgeben von rauschenden Wäldern und fruchtbaren Feldern, in einer anmutigen Gegend des bayerischen Alpenvorlandes lag. Die Kirche, oben am Berg, beherrschte weitum das Land, und ihr Turm blickte tröstend auf die Bewohner des Ortes, die in harter Arbeit ihr tägliches Brot verdienen mußten. Noch einmal blieb Therese stehen und blickte zurück auf ihren Heimatort, auf das kleine Haus am Dorfrand, das tiefverschneit dalag. Trotz des Schneetreibens glaubte sie, die vertrauten Türme des Wallfahrtsortes Altötting zu erkennen, die ihr, wie sie glaubte, ein letztes »Lebewohl« sagten. Mit Tränen, die über ihre Wangen liefen, und getrieben von dem eisigen Nordwind, der über Wege und Straßen fegte, setzte sie ihren Marsch fort.

Plötzlich war ihr, als hörte sie Mutters Stimme, die zu ihr sagte: »Mußt net immer zurückschauen, Dirndl, schau vorwärts, immer vorwärts!« Während diese Worte noch in ihr nachklangen, hielt ein Pferdefuhrwerk neben ihr, und ein älterer Mann auf dem Kutschbock beugte sich herab. Er fragte, ob er sie ein Stück Weges mitnehmen könne. Über den glücklichen Zufall erfreut, nickte Therese und bestieg mit Hilfe des Fuhrknechts das Gefährt.

»Mußt noch weiter?« meldete sich fragend der Mann. »Ja«, antwortete Therese, »ich muß bis Gars, ich bin die neue Hausmagd beim Bräu.« »Das trifft sich gut«, erwiderte der Fuhrknecht, »und ich bin der Simmerl, der Hausknecht dort, da hab'n wir zwei den gleichen Weg.« Dabei reichte er Therese die Decke mit den Worten: »Damit's di net friert, heut' geht a kalter Wind.« Diese fürsorglichen Worte empfand das Mädchen als wohltuend und sie bedankte sich mit einem »Vergelt's Gott!«

Dampfend und schnaubend gingen die beiden Pferde ihren Weg, den sie, wie es schien, gut kannten. Es bedurfte keines »Hü« oder »Hott« von Seiten des Fuhrknechts. Gutmütig trabten sie durch die verwehten Straßen, sicher und zuverlässig, trotz des undurchsichtigen Schneetreibens.

Obwohl sie sich infolge des Sturms kaum verstehen konnten, begann der Simmerl zu sprechen. »Gehst du 's erste Mal fort von daheim?« »Ja, 's erste Mal«, antwortete Therese. »Des is' net leicht für di, Dirndl«, meinte der Simmerl, »allaweil tun, was dir andere sag'n, nia a eigene Meinung hab'n dürfen, allaweil sich ducken vor andere, a

Leben lang. Nachdenken darf ma da net, aber mit der Zeit g'wohnt ma sich dran. Vielleicht …, wennst Glück hast.« Nach einer längeren Pause des Schweigens begann Simmerl erneut das Gespräch. »Daß ma heut' nix seh'n kann, weil's so wachelt, aber do drob'n is' die Stampflburg, da war'n amal Raubritter, und da unten am Inn, da is' Kloster Au.«

Der Schneesturm hatte sich etwas beruhigt. In der Ferne wurde die Turmspitze des Gotteshauses von Gars sichtbar, und bald erkannte man die Umrisse des ehrwürdigen Klosters der Redemptoristen. »Is' des Gars?« fragte Therese etwas beklommen. »Ja«, antwortete der Simmerl. »Und dort, wo der hohe Kamin raucht, da is's beim Bräu. Gleich werd'n wir da sein.« Das Schneetreiben hatte ganz aufgehört, und zaghaft zeigte sich die Sonne am grauen, noch wolkenverhangenen Himmel.

Gars nahm die beiden freundlich auf. Ein sauberer, lebendiger Marktflecken, hoch über dem Inn gelegen, der mit seiner Abtei weithin das Land beherrschte. Der Wagen ratterte über das Kopfsteinpflaster des Marktplatzes, vorbei am Brunnen, an gepflegten Bürgerhäusern, die die Wohlhabenheit und den Reichtum ihrer Besitzer ahnen ließen.

Vor den weitläufigen Gebäuden der Brauerei hielt der Simmerl an. Therese war an ihrem Ziel. »So, Dirndl, da samma jetzt beim Bräu in Gars«, sagte der Simmerl und half Therese vom Wagen. »Ich wünsch' dir Glück in dem Haus und wennst amal a Hilf' brauchst, dann laß mir's wissen. Ich helf dir, so guat i kann, und wenn's bloß a guter Rat is', der dir in deine jungen Jahr weiterhilft.«

Das waren gute Worte, und Therese glaubte, im Simmerl einen Freund gefunden zu haben. Daß der Weg in dieses Haus für sie bestimmend war und ihr ganzes Leben dadurch geprägt werden wird, das ahnte das junge Mädchen damals noch nicht.

Mit klopfendem Herzen trat Therese über die Schwelle, gefolgt von den Blicken zweier junger Männer, den Söhnen des Hauses. Soeben kam die Bräuin über den Hof, begleitet von einem großen Bernhardiner. Man sagte ihr nach, sie sei in derselben Minute draußen und drinnen und überall und sie achte auf alles und jeden. »Du bist also die neue Magd«, war ihre Begrüßung. Dabei reichte sie Therese die Hand. Diese Hand war trocken, hart und kalt vom Winterfrost draußen. Die Nase war spitz, der Mund messerscharf und schmallippig. Zwei durchdringende Augen, die gewohnt waren zu befehlen, musterten das Mädchen kritisch. Therese fröstelte bei diesem Anblick, denn noch nie hatte sie jemand mit solchen Blicken aus solchen Augen betrachtet.

Die schrille Stimme der Bräuin riß sie aus ihren Gedanken. »Also, du bist jetzt die neue Hausmagd, du mußt tun, was andere sagen, aa wenn's dir net paßt. Du kriagst aa Fuchz'gerl die Woch', hast dein Essen und dein Bett und aus'zahlt werst an Lichtmeß, so is's der Brauch. Die Wally, d'Kuchidirn, die zeigt dir dei' Kammer und jetzt ziag di um, und kommst dann in d'Küch, da gibt's Arbeit für dich.« Das war also der Einstand beim Bräu in Gars – nicht sehr erfreulich. Hier herrschten andere Gesetze, die es zu beachten gab, hier war alles anders. Fremde Laute, das Gerassel der Wagenräder auf dem Pflaster, das Klappern der Schritte, das Schwatzen vieler Menschen. Alle Töne laut und schneidend. Therese war bald klar: Das hier war eine andere Welt, in der sie versuchen mußte, sich zurechtzufinden. Hier gibt es Stand und Standesunterschiede, und Geld ist der Angelpunkt, um den sich alles dreht.

Spät am Abend, nachdem sie die steile Treppe zu ihrer Kammer hinaufgestiegen war, überkam sie das Heimweh, und Tränen rollten über ihre Wangen. Die Tür zu ihrer winzigen Kammer knarrte bei ihrem Eintritt, und was sie sah, war wenig einladend. Ein Bett, ein Schrank, ein Stuhl – mehr gab es nicht. Das blaugewürfelte Federbett war frisch bezogen, der Strohsack gut gefüllt. Das kleine Fenster, das in einen Hinterhof führte, ließ vom Sternenhimmel nichts erkennen. Thereses Gedanken gingen zurück in das kleine Haus im Mörntal, wo man den Duft der Wiesen atmen konnte, die Blumen vor den Fenstern blühten und der Wald sein Lied sang.

Die Brauerei Lang in Gars stand unter guter Führung. Der Wohlstand und das Ansehen dieses Hauses mehrten sich von Jahr zu Jahr, dank der Umsichtigkeit und Geschäftstüchtigkeit seiner Besitzer. Die beiden Söhne, Martin und Georg, hatten den Geschäftssinn ihrer Eltern geerbt und waren auf dem besten Wege, ebenso tüchtige Menschen zu werden, die durch Scharfsinn das Geld zu Wachstum und Gedeihen brachten. Martin, so sagte man, schaue den Röcken etwas länger nach, als es passend sei. Georg führte die Bücher. Er achtete auf Ein- und Ausgaben, auf Soll und Haben. Die jüngere Tochter eignete sich im Internat Freudenhain Wissen und Bildung an, so wie es sich für Töchter höherer Kreise gehörte.

Therese fügte sich in die ihr aufgetragenen Arbeiten,

13

sie versuchte, den Anordnungen und Wünschen der Bräu-in gerecht zu werden, auch wenn ein langer und schwerer Arbeitstag sie häufig überforderte. Sie erfüllte ihre Pflichten ohne Murren, ohne Widerrede, so wie es die Mutter ihr aufgetragen hatte.

Ein Jahr der Arbeit und der Anpassung an die Gesetze des Hauses ging für Therese zu Ende. Das heftige Heimweh, an dem sie so sehr litt, hatte sich allmählich verloren. Gars und ihr Arbeitsplatz erschienen ihr nicht mehr so feindlich wie noch vor Monaten. Ein Lichtblick waren die Briefe, die von Mutter aus dem Mörntal kamen. Ein Hauch von Heimat, mit der sie immer noch so eng verbunden war. Gute, warme Worte waren es, in ungelenker Schrift geschrieben, tröstend, aber auch ermahnend.

In dieser Zeit aber ging mit dem Mädchen eine Wandlung vor sich. Der Körper, eckig und kindlich, begann weibliche Formen anzunehmen, die Bewegungen wurden anmutiger, und die hochgesteckten, schweren Zöpfe gaben dem Gesicht eine andere Note. Therese war zur jungen Frau erblüht. Diese Veränderung nahmen auch die jungen Männer wahr, die ihr mit erstaunten und wohlwollenden Blicken nachsahen. Auch Martin, der ältere Sohn des Hauses, der ein geschultes Auge für das weibliche Geschlecht hatte, sah diese Veränderung an der Dienstmagd Therese mit Vergnügen. Mit zusammengekniffenen Augen blickte er ihr nach, wenn sie leichtfüßig über den Hof ging. Seine Blicke sagten mehr aus, als Worte es könnten.

Simmerl, der Therese als seinen Schützling betrachtete, mißfiel dieses Verhalten, das nichts Gutes verhieß. Zu sich selber brummte er: »Jetzt hat er sie auch schon im

Visier, der Lump! Die wievielte? Wer weiß das schon – wenn er bloß des Dirndl net unglücklich macht, so wie die andern alle, der Schürzenjäger.«

Ein Jahr reihte sich an das andere, Sommer und Winter wechselten im Kreislauf der Natur. Therese hatte beim Bräu in Gars festen Fuß gefaßt. Die Tage kamen und gingen in einem gleichbleibenden Rhythmus. Der rauchende Kamin des Sudhauses zeugte von der regen Geschäftigkeit in der Brauerei. Schwere Fässer, gefüllt mit gutem Bier, rollten in den Hof, und der Simmerl brachte sie mit seinen Pferden zu den Gasthäusern der Umgebung. Die emsigen Hände der Knechte und Mägde schafften im Stall und auf den Feldern und halfen, den Wohlstand des Hauses zu erhalten und zu vermehren.

Ein heißer Sommer kam über das Land, der Mensch und Tier belastete. Therese ging nun mit müden Schritten ihrer täglichen Arbeit nach. Das lachende, fröhliche Mädchen war mit der Zeit blaß und still geworden. Sie wirkte häufig wie abwesend, sprach nur das Nötigste, und manchmal sah man, daß sie geweint hatte. Als Therese immer mehr an Fülle zunahm, wurde allen klar, daß sie ein Kind erwartete. Schadenfreude bei den einen, Mißmut bei den anderen in ihrer Umgebung. Simmerl, der wohl als einziger den Zusammenhang ahnte, sagte verärgert zu sich selbst: »Der Lump, der schlechte. Aber wart nur, irgendwann kommt noch die Strafe, auch für ihn!« Und Wally, das immer ein wenig vorlaute Küchenmädchen, prophezeite: »Do werd'n mia was erleb'n, wenn des die Bräuin erfährt.«

Zu Hause unerwünscht

Voll und hell stand der Mond am Himmel. Sein bleiches Gesicht beleuchtete die kleine Bank am Hollerstrauch, als ob er sie einladen wollte, sich hier noch einmal zu setzen, ein allerletztes Mal, bevor sie das Haus verließ.

Im Hof und in den Gebäuden war es still geworden. Die laute Geschäftigkeit des Tages ging in die Ruhe des Feierabends über, ersehnt von Mensch und Tier nach der Last eines langen Arbeitstages.

Soeben tauchte hinter den Gebäuden des Wagenschuppens ein Schatten auf, der näher kam, und bald spürte Therese die naßkalte Schnauze von Bello, dem Bernhardiner, auf ihrer Hand. Das Tier schmiegte sich an sie und sah sie mit seinen großen, klugen Augen an. Therese streichelte sein weiches Fell und sagte leise zu ihm: »Bello, dir geht es besser als mir, viel besser, aber du bist der einzige, der mich nicht verachtet. Du bist klüger als mancher Mensch, und dein Charakter ist besser als der mancher Menschen.« Doch Bello war nicht allein, hinter ihm kam Simmerl, der sie damals mit dem Fuhrwerk nach Gars gebracht hatte, ihr an jenem kalten Tag eine Decke reichte mit den Worten: »Damit's dich net friert, weil's heut kalt is'.« Sie hatte die guten Worte von damals nicht vergessen. In all den Jahren war ihr dieser Mann ein väterlicher Freund gewesen, der auf sie in der Zeit des großen Heimwehs tröstend eingewirkt hatte.

Thereses tiefe Sehnsucht nach Mosen erfüllte sich auf andere Weise, als sie es sich immer erträumt hatte. Eine Heimkehr in die Heimat war es nicht. Es war ein schwerer Weg nach Hause: Sie mußte den Eltern bekennen, wie es um sie stand. Auf Mutters Verständnis hatte sie gehofft, auf ein bißchen Wärme, auf ein verzeihendes Wort. Sie wurde bitter enttäuscht; denn gerade die Mutter war es, die ihr schmerzlich zu verstehen gab, daß sie, Therese, unter diesen Bedingungen zu Hause nicht erwünscht war. »Aa solche Schand' für unser Haus, was werd'n Leut im Dorf drinn' sag'n, der Pfarrer z'Burgkirchen, wenn der des erfährt. I darf gar net dran denken, na, na, daß i des erleb'n muaß«, jammerte sie. Ihre Klagen nahmen kein Ende. Sich den Schweiß von der Stirne wischend, bestimmte sie: »Morgen suchst du dir aa Arbeit, zum Schlafen kannst heimkommen, aber sonst will i di net seh'n.« Es waren harte Worte aus dem Munde dieser Mutter. Aber da stand Vater, stark, aufrecht, verständnisvoll. Er hatte sich schweigend die Anklagen seiner Frau angehört und sagte nun: »Jetzt hör auf mit deiner Jammerei, Mutter, es ändert nix an der Sach. Des Dirndl darf dableib'n, weil's jetzt aa Hilf' braucht, und von wem soll sie's kriag'n, wenn net von uns.« Vaters Worte hatten Gewicht, sie waren immer bestimmend, und so beugte sich Mutter, wenn auch widerwillig, seiner Anordnung.

Es wurde anschließend ein langes Gespräch ohne Vorwürfe und böse Worte. Es wurde ganz still in der Stube nach diesem Gespräch, jeder hing seinen Gedanken nach.

Therese dachte an Martin. Er war der erste Mann in ihrem Leben gewesen, hatte sie bedrängt, um sie für ein kurzes Abenteuer benutzen zu können, das unheilvolle Spuren in ihrem Gemüt hinterlassen hatte. Für die Folgen dieser Tat einzustehen, war Martin nicht bereit, denn die Heirat mit einer Dienstmagd, die mit keiner Mitgift rechnen konnte, stand völlig außer Frage. Darum auch seine Antwort, als Therese ihn von ihrer Schwangerschaft unterrichtet hatte. »Was willst du? Du bist ja nur eine Dienstmagd, die nichts ist und nichts hat, und wer weiß, ob nicht noch andere beteiligt waren. Verschwinde!« Mit einem höhnischen Grinsen ging er und ließ Therese in ihrer seelischen Not und Hilflosigkeit allein. Zutiefst erniedrigt wandte sie sich ab. Sie verstand die Welt nicht mehr.

Weiter gingen ihre Gedanken zurück zu jenem Tag, der alles in den Schatten stellen sollte. Die Erinnerung daran war plötzlich so lebendig in ihr, denn dieser Tag hinterließ tiefe seelische Wunden und Verzweiflung, aber auch einen unbändigen Haß gegen den Mann, der ihr brutale Gewalt angetan hatte.

Es war Nacht beim Bräu in Gars. Therese nahm die Stallaterne und machte wie jeden Tag ihre Runde, um nachzusehen, ob alle Türen und Tore abgeschlossen waren. Im Hof und in den Gebäuden war es still geworden, nur drüben beim Brunnwirt gab es laute Musik anläßlich einer großen Hochzeitsfeier. Plötzlich hörte sie vom Hof her schnelle Schritte, die immer näher kamen. Im Schein der Laterne glaubte Therese, Martin zu erkennen. Doch es war Georg, der jüngere Sohn des Hauses, der auf sie zukam, näher, immer näher. Sein Blick war Gefahr, sein

Körper Kraft und Schwung, als er seine Hände nach ihr ausstreckte. Voller Angst wich sie zum Weidenzaun des Wurzgartens zurück, abwehrend ihre Hände auf ihn gerichtet. Sie wehrte sich verzweifelt vor seinem Zugriff, doch die laute Musik der Hochzeitsfeier, die, wie es schien, ihren Höhepunkt erreicht hatte, verschlang ihr Schreien. Ihre Abwehr, die sie der Kraft dieses Mannes entgegensetzte, war sinnlos, vergebens. Dann fiel die Stallaterne zu Boden, ihr Licht erlosch. Knöpfe der Bluse sprangen ab, das lange Haar löste sich ...

Zerschunden an Leib und Seele suchte sie wie geistesabwesend ihre Kammer auf. Noch nie hatte sie sich so zerschlagen und elend gefühlt wie in dieser Stunde. Sie fand keinen Schlaf, keine befreienden Tränen, nur ein bitteres Weh war in ihrem Innern.

Als der Morgen dämmerte, hatte Therese keine Kraft, aufzustehen. Sie fühlte sich krank und müde, unendlich müde. Die kommenden Tage beschäftigte Therese das Warum dieses Geschehens unentwegt, jedoch ohne daß sie eine Antwort auf diese Frage fand. Daß die Tat Berechnung war und die Hintergründe erst viel später offenkundig werden würden, das ahnte das Mädchen damals noch nicht.

Ganz gegen die Gewohnheit des Hauses fragte niemand nach der zerbrochenen Stallaterne, nach dem eingedrückten Weidezaun des Wurzgartens. Die Laterne war durch eine andere ersetzt worden, der Weidezaun repariert. Alle Spuren dieser Nacht wurden wortlos, still und ohne Fragen beseitigt. Nur die Verletzung im Gesicht eines Mannes leuchtete rot über dem rechten Auge, ein Mal, nach dessen Herkunft ebenfalls niemand fragte.

Der Vater begann als erster wieder zu sprechen. »Das hat er sich fein ausgedacht, der noble Herr, sehr fein. Martin, der ältere, hat dich beschwatzt, und Georg, der jüngere, hat dir Gewalt angetan, damit du später auf die Frage des Vormundschaftsrichters, ob Martin der einzige wäre, nicht mit ›ja‹ antworten kannst. Auch wenn du die Wahrheit sagst, man wird dir nicht glauben. Denn Georg Lang, der Sohn des reichen und angesehenen Bräu, wird die Gewaltanwendung als Lüge bezeichnen, die du erfunden hast, um ihm zu schaden. Ihm wird man glauben, nicht dir, der Dienstmagd, dem Nichts. Das ist so sicher wie das Amen in der Kirche. Somit wird also nach dem Willen des Gesetzgebers Martin, der Vater deines Kindes, zu keiner Alimentenzahlung verpflichtet sein, weil er nicht der einzige war. Schau, so einfach ist das, so raffiniert einfach. Ja, wenn man arm is', is' man allaweil der Dumme, immer hinten dran.«

Nun meldete sich Mutter zu Wort, nach der Ungeheuerlichkeit, die sie von Vater hörte: »Da müss'ma mia arme Häuslleut' dem reichen Bräu von Gars sein Kind aufzieh'n.« – »Enkelkind«, verbesserte der Vater. – »Ganz umsonst, weil er net zahlen mag, der Lump. Ja gibt's denn koa Gerechtigkeit mehr auf dera Welt. So was kann doch der Herrgott net zualass'n, na, so vui Schlechtigkeit net!«

Therese, noch ganz unter dem Eindruck der Worte des Vaters, entsetzte sich: »So was kann's doch net geb'n, des darf's doch net geb'n, Vater, wenn das wahr wird« – und nun überlegte sie einen kurzen Augenblick, um das auszusprechen, was in ihrem tiefsten Innern noch verborgen war. Ganz langsam sprach sie, jedes Wort betonend, das Ungeheuerliche aus. »Wenn das zutrifft, daß des a

20

abg'machte Sach' war, dann soll'n die zwoa Söhne vom Bräu in Gars koa Glück mehr hab'n, in ihrem ganzen Leben net. Koa oanzige guate Stund' sollens' mehr hab'n, so lang sie leben.«

»Jessas Maria«, rief erschrocken die Mutter und bekreuzigte sich: »Weißt du, was du da sagst? A solche Verwünschung geht in Erfüllung, wenn's a Schwangere ausspricht. Des war scho allaweil a so und zuatroff'n hat's no immer. Der Herrgott mög dir de Sünd verzeih'n!«

»Hab'n de zwei nach mir g'fragt, nach mein'm Schicksal und dem vom Kind, das vom Bräu von Gars stammt? Naa, sie hab'n mich bewußt mein'm Elend überlassen und dafür solln's büßen müssen«, erwiderte Therese.

Es waren Tränen der Hilflosigkeit, des Zorns, die sie in dieser Nacht weinte. Immer mehr wurde ihr bewußt, was es heißt, besitzlos, rechtlos zu sein und bösen Blicken ausgesetzt zu werden. Eine Ledige, Sitzengelassene mit Kind.

Früher als sonst fiel in diesem Jahr der erste Schnee und bedeckte Flur und Wald mit seiner weißen Pracht. In der Mittermühle drüben am Mörnbach ging es geschäftig zu. Pferdefuhrwerke kamen und gingen, Korn wurde angefahren, Mehl wurde abgeholt. Das alte Mühlrad drehte sich wie eh und je und mahlte die Körner, die den Sommer über in harter Hände Arbeit eingebracht wurden, zu Mehl für das tägliche Brot. In der Mittermühle hatte Therese Arbeit gefunden für Essen und nur wenig Lohn, weil sie als Schwangere nicht voll belastbar war. Sie war dankbar dafür, denn nun mußte sie nicht immer den vorwurfsvollen Augen der Mutter begegnen und deren spitze Bemerkungen ertragen. Hier ließ man sie in Frieden, wenn sie der ihr aufgetragenen Arbeit nachkam. Die alte Burgl, die schon ein Menschenleben lang in der Mittermühle werkelte, fand immer ein gutes Wort, wenn dem Mädchen einmal wieder Tränen über die Wangen liefen. »Schau«, tröstete dann die Burgl, »dös is halt so auf dera Welt, wennst a armer Dienstbot' bist und kriagst a ledigs Kind, dann sagens' ›De is' a Schlamp'n, a Zuchtl‹ und lassen koa guat's Haar an dir. Bist aber a Bessere, a Bauerntochter vielleicht, dann hoaßt's: ›Schad, de hat's derbröselt, mei, de hat halt Pech g'habt, de Arme.‹ Ja, ja, da wird mit zweierlei Maß g'mess'n. Damit muaßt di abfind'n.«

Thereses sonntäglicher Kirchgang den hohen Berg hinauf zum Gotteshaus glich aufgrund ihres schandbaren Zustandes einem Spießrutenlaufen, bevor sie sich durch das Portal der Kirche in die hinteren Bänke schlich. Hier knieten sie, die Kleinen, die Besitzlosen, die Dienstboten, die abgearbeiteten und von Verletzungen narbigen Hände gefaltet, in gläubigem Gottvertrauen auf eine bessere Welt nach ihrem Tod. Andächtig hörten sie die Predigt des Pfarrers, der von Nächstenliebe und Gottesgerechtigkeit sprach. Auf dem Heimweg zur Mittermühle umkreisten Thereses Gedanken immer wieder die Worte des Pfarrers von der Gerechtigkeit Gottes, an der ihr doch erhebliche Zweifel erwuchsen.

Der Bankert

Der strenge, lange Winter der Jahre 1907/1908 ging zu
Ende. Die ersten Leberblümchen lugten vorsichtig am
Waldrand hervor, und es wollte Frühling werden im
Mörntal. Doch der Monat April brachte noch einmal
stürmisches Wetter mit Schnee, Kälte und Unbehagen.
In einer dieser Nächte tobte der Sturm ganz besonders
um das kleine Haus am Dorfende. Unruhig ging Therese
in ihrer Stube auf dem knarrenden Fußboden auf und ab,
um sich dann wieder auf dem Strohsack ihres Bettes hin-
zusetzen. Stunde um Stunde in gleichem Rhythmus.
Gegen Morgen fragte die Mutter durch den Türspalt:
»Soll'n ma net doch liaba d'Nanni hol'n?«

Nanni war die zuständige Hebamme des Ortes und in
den schweren Stunden der Mütter geschätzt und gefragt.
Mehr als zwei Generationen hatte sie in Mosen und Umgebung zum Leben verholfen. Sie war nicht mehr die
Jüngste, die Nanni, ihr Buckel krumm, ihre Füße müde,
doch ihr Blick klar und ihr Geist hellwach. Kurz, knapp
und bestimmt gab sie den Familienmitgliedern Anweisungen. Der werdenden Mutter aber sagte sie beruhigende,
tröstende Worte: »Schau, Dirndl, das Kommen und
Gehen auf dera Welt is' bei allen gleich. Da is' koa
Unterschied zwischen reich und arm, des is' de einzige
Gerechtigkeit, und des muaß dich trösten.«

23

Nein, Trost war es für Therese in Anbetracht der immer stärker kommenden Wehen nicht. Als Ledige, Alleingelassene hatte sie den Geburtsschmerz stumm, lautlos zu ertragen; dies war ein ungeschriebenes Gesetz. Denn bei einer illegalen Mutterschaft lagen die Verhältnisse anders, eine Ledige hatte kein Recht, sich zu beklagen. Nur Schweiß und Tränen waren die sichtbaren Zeichen der körperlichen und seelischen Not.

Mit vermehrter Kraft fegte der Sturm über das Dorf Mosen hinweg. Er rüttelte an den Fensterläden, an Türen und Dachschindeln, zerzauste Bäume und Sträucher. Schneeregen peitschte an die Fensterscheiben des Hauses Esterschneider. Ungeachtet dieses Unwetters gab es da drinnen neues Leben. Ein kleines Mädchen, gesund, wohlgeformt, aber unerwünscht, ungeliebt, illegal. Die alte Nanni legte das schreiende Bündel in die Arme der Mutter, die nicht wußte, ob sie weinen oder lachen sollte. Denn dieses Kind wird ihr Leben verändern – und ganz gewiß nicht im guten Sinne. Doch sie mußte es liebhaben, dieses kleine Wesen in seiner Armseligkeit, das seinen Ärger in die Stube hineinschrie, weil es in diese kalte Welt gesetzt wurde, ungewollt von beiden Elternteilen, zwangsläufig geduldet von seiner Umgebung. Sein Lebensweg war vorgezeichnet von der Mühseligkeit einer Dienstmagd, bestenfalls eines Hausmädchens in bürgerlichen Kreisen, wo es außer Plage nicht viel zu erwarten gab.

Mutter Esterschneider, durch dieses Kind zur Großmutter geworden, war keineswegs über den Familienzuwachs erfreut. Er brachte nicht nur Mehrbelastung, sondern auch voraussehbaren Ärger, was die Alimente anging. »Wieder ein Bankert mehr auf dera Welt, der bloß Sorgen bringt und für den nix 'zahlt werd«, war ihre Rede.

Der Weg zur Taufe am nächsten Tag war bei diesem stürmischen Wetter beschwerlich, der Berg hinauf zum Gotteshaus lang und steil. Ein mißmutiger Pfarrer, dem man ansehen konnte, daß er an diesem illegalen Schäflein keine rechte Freude hatte, taufte es auf den Namen seiner Patin Maria. Später wird man die Kleine Marie nennen.

Nach einer Woche stand Therese wieder an ihrem Arbeitsplatz in der Mittermühle, um für sich und das Kind den Lebensunterhalt zu verdienen. Die kleine Marie wurde vorerst von der Großmutter betreut, die es aber bald satt hatte, sich um dieses plärrende Kind zu kümmern, das, wie es schien, mit der Welt in Zwietracht lebte und auf alles mit Geschrei reagierte.

»I mag den Schreihals nimmer in mei'm Haus, schau, daßd' an andern Platz find'st dafür, mir reicht des G'schrei von dem zwidern Kind«, sagte sie zu Therese.

Eine gutmütige Nachbarin erbarmte sich der kleinen Marie und nahm sie bei sich auf. Aber auch diese hatte das Geplärre des Kindes bald satt, und so wurde die Kleine hin- und hergeschoben, von einer Familie zur andern, von einer Pflegestelle zu nächsten, um schließlich dort zu landen, wo sie hergekommen war. Großmutter protestierte, doch Großvater vermittelte, und so kam man überein, daß Therese von jetzt an nur stundenweise im Tagelohn arbeiten sollte, um sich ein wenig mehr um das Kind kümmern zu können.

Der Frühling kam mit erwachendem Leben, und das Tal zeigte sich von seiner schönsten Seite. Da flatterte eines Tages ein amtliches Schreiben in das kleine Haus an der Mörn, adressiert an: *Therese Esterschneider, ledige Dienstmagd in Mosen*. Das Vormundschaftsgericht zitierte Therese in die Kreisstadt Mühldorf, um die Vaterschaftsangelegenheit ihres Kindes zu klären.

Mit zitterndem Herzen betrat Therese das Amtsgebäude. Nun wird die Vergangenheit sie einholen, und sie wird dem Mann gegenüberstehen, der ihr so viel Kummer gebracht hat. Da saßen sie nun auf der Wartebank, die beiden Söhne des angesehenen Bräus von Gars. Selbstsicher, siegesgewiß in dem Bewußtsein, das Gesetz auf ihrer Seite zu haben; denn eine Gewaltanwendung wird man ihnen, den Söhnen eines hochachtbaren Bürgers, niemals zutrauen.

Vor dem großen Kreuz des Gerichtssaales sah der Vormundschaftsrichter auf die junge Frau, die behauptete, daß Martin Lang der Vater ihres unehelichen Kindes sei. »Herr Martin Lang stellt diese ihre Behauptung in Abrede, weil es außer ihm noch einen zweiten Mann zur fraglichen Zeit gab. Was sagen sie dazu?« fragte der Richter. Therese, eingeschüchtert von ihrer Umgebung, von dem strengen Herrn, der sie über seine goldene Brille hinweg vorwurfsvoll ansah, antwortete: »Ja, aber …«

»Kein Aber – antworten Sie auf meine Frage mit *ja* oder *nein* und sonst nichts«, sagte mit ungeduldiger Stimme der Richter.

»Er hat mit Gewalt …«, wollte Therese erklären, doch der strenge Herr schrie nun plötzlich mit donnernder Stimme: »Eine solche Behauptung wollen sie aufstellen, jetzt und im nachhinein, das ist ja ungeheuerlich. Warum haben sie nicht gleich Anzeige erstattet, ein Verfahren angestrengt, was doch seine Berechtigung gehabt hätte und absolut korrekt gewesen wäre? Ich betrachte diese ihre Behauptung als absurd und keinesfalls glaubwürdig.«

Martin Lang lächelte siegessicher, und Georg, der als Zeuge angehört wurde, sagte aus, daß von einer Gewaltanwendung keinesfalls die Rede sein könne. Ganz im Gegenteil, die Behauptung der Therese Esterschneider sei eine abgefeimte Lüge, um ihm, der sich noch nie einer Straftat schuldig gemacht hätte, zu schaden. Therese konnte nicht fassen, was hier geschah. Ihr war, als sähe sie alles durch einen Schleier, den Richter, den Zeugen und Martin, den Vater ihres Kindes. Klein und verschüchtert, hörte sie wie von weitem den Urteilsspruch, den der Vorsitzende Richter vor dem großen Kreuz des Gerichtssaales verkündete:»Im Namen seiner Majestät, des Königs, ist Martin Lang zu keiner Alimentezahlung für das uneheliche Kind der Dienstmagd Therese Esterschneider verpflichtet. Die Sitzung ist geschlossen.«

Ohne sie eines Blickes zu würdigen, verließen die Söhne des hochachtbaren Bräu in Gars als Ehrenmänner den Gerichtssaal. Die uneheliche Mutter wird nun ihr Kind allein, durch ihrer Hände Arbeit, großziehen müssen. Mit Tränen in den Augen und Bitterkeit in ihrem Herzen stand Therese auf der Straße; sie wußte nicht, wie sie dahin gekommen war.

Gerechtigkeit, was ist das, gibt es die? Vater hatte Recht gehabt, so Recht: Gerechtigkeit, nein, die gibt es nicht. Am Sonntag werden die beiden Söhne der Brauerei Lang in den angestammten Betstühlen der Familie in der

Kirche knien und mit einem größeren Geldstück in den Klingelbeutel Gott für den guten Ausgang der Sache danken.

Therese arbeitete weiterhin als Tagelöhnerin auf Wiesen und Feldern, leistete oft Schwerstarbeit, um sich ein paar Kreuzer mehr zu verdienen, die für den Winter zurückgelegt wurden. Es war Erntezeit. Ein heißer Sommer, der die Luft schon am frühen Vormittag flimmern ließ, versprach eine gute Ernte. Schwere, volle Ähren standen zur Reife und warteten darauf, eingebracht zu werden. Auf den Feldern arbeiteten bei sengender Hitze die Dienstboten, Knechte mit schrundig gearbeiteten Händen, Mägde, krummgeschuftet von lebenslanger Schwerstarbeit im Dienste der Grundbesitzer. Schwitzend und schweigend die, die im Tagelohn arbeiteten, um sich ihren kargen Lebensunterhalt zu verdienen, was alle körperliche Kraft forderte, und manchmal noch angetrieben von grantigen Bauern zu mehr, zu noch schnellerer Arbeit. Therese stand gebückt in der Reihe der Frauen, die die Ähren sammelten und sie zu Garben banden. Stunde um Stunde, nur kurz unterbrochen, um einen Schluck Wasser aus dem großen Steinkrug zu trinken, der reihum ging. Nach Sonnenuntergang ging ein schwerer Arbeitstag zu Ende, der schon vor Sonnenaufgang begonnen hatte.

In dem Häusl am Dorfrand wuchs mit Geschrei und Geplärre die kleine Marie heran. Großmutter hatte noch immer keine Beziehung zu dem Kind, weil sie den »Bankert« durch sein Weinen, seine Unruhe unerträglich fand. Therese glaubte, daß es richtiger sei, das Kind mit sich

28

zur Arbeit zu nehmen, wenn sie aufs Feld ging. In dem kleinen Leiterwagen sitzend, die Milchflasche gefüllt mit Malzkaffee, war das Leben für die kleine Marie recht erträglich. Es bedeutete Freiheit in Gottes schöner Natur. Der große Laubbaum am Rain spendete Schatten, und Mutter war in erreichbarer Nähe. Und als Marie anfing, Erkundigungszüge zu unternehmen, wurde sie von der Mutter an den Leiterwagen angebunden. Da brach der alte Zorn in ihr wieder aus. Ihrer Freiheit beraubt, in ihren Bewegungen eingeengt, reagierte sie mit dem einzigen ihr zur Verfügung stehenden Mittel – mit einem nervtötenden und ununterbrochenen Schreien. Unzufrieden mit sich und der Welt, schrie sie, was ihre kleine Lunge hergab.

So ging der Sommer dahin und auch das Jahr. Die kleine Marie stapfte bald mit ihren flinken dünnen Beinen ins dritte Lebensjahr. Großmutter fing zu kränkeln an, und Großvater brachte wie eh und je die gemeindeamtlichen Briefe in die entlegenen Häuser der Gemeindebewohner. Als Therese wieder einmal müde und erschöpft nach einem harten Arbeitstag nach Hause kam, meinte die Großmutter: »Bist recht müd', Dirndl? I mein' halt, du sollst heirat'n, damit's a wenig leichter wird für di, und für die Kleine wär's aa besser, wenns' Geschwister hätt', damits' net so allein is.«

Den Gedanken fand Therese einleuchtend, nur für das Zustandekommen einer Heirat – da wußte sie keinen Rat. Als hätte Großmutter ihre Gedanken erraten, sagte diese: »Wir, der Vater und ich, übergeb'n dir des Sach', und wenn dir des Hoamat g'hört, dann findst scho an Mann zum Heiraten.«

Nach Monaten kam Therese der Zufall zu Hilfe, dem Großmutter, wie man später erfuhr, nachgeholfen hatte. Therese dachte lange darüber nach, daß es mit der Übergabe dieses Anwesens eine Wende in ihrem Leben geben könne. Ist der Besitz auch arm und bescheiden, so ist er doch Heimat – ihre Heimat.

❧ *Der Kramer-Sepp* ❧

Der Viehhändler und Heiratsvermittler Felix war in drei Bezirksämtern bekannt und »reell und solid«, wie er sich selber bezeichnete. Man nannte ihn »Schmuser«, weil er als Heiratsvermittler sehr erfolgreich war. Gegen diesen Ausdruck verwahrte er sich aber, denn sein Geschäft sei eine Agentur, und durch und durch seriös. Er helfe den Leuten beim Kauf und Verkauf von Vieh, Häusern und Grundstücken, beim Verfassen von amtlichen Schreiben, und er vermittle Ehen im nahen und weiten Umkreis. Kurzum, mit seiner Hilfe komme alles zustande. Reklamationen, dieses Wort sei für ihn ohne jede Bedeutung; denn Beschwerden seien bei ihm noch nie eingegangen, so ehrlich und rechtschaffen sei er.

Felix lenkte heute seine Schritte zum Haus am Dorfrand. Therese sah ihm mit neugierigen Blicken entgegen, als er mit einem »Grüß Gott beinand« die Stube betrat. Nach einigen allgemeinen Redewendungen übers Wetter, die schlechten Zeiten und der Frage nach dem allgemeinen Wohlbefinden der Familie kam Felix zur Sache.

Er wandte sich an Therese mit der Feststellung: »Mei, Dirndl, dei Leb'n is' wia a Supp'n ohne Salz, so faad und leer. So einschichtig sei, des is' net guat für an jungen Menschen. Langsam wird's Zeit, daßd' heirat'st.« Nach kurzer Pause fuhr Felix fort: »I' wüßt' dir an Hochzeita, einen grundanständigen Menschen, fleißig, sparsam, einwandfreier Charakter, der aa da was mitbringt«. Dabei deutete er mit Daumen und Zeigefinger an, daß Geldmittel vorhanden wären, was nicht zu verachten sei, wie er meinte. Ein Mann mit allen Vorzügen also.

Daß ein so rechtschaffener Mann, der mit seinem Viktualienhandel ein einträgliches Geschäft habe, noch keine Frau gefunden hätte, das grenze an ein Wunder. Ja, ein wahres Wunder sei das, behauptete er. Auf Thereses Frage, wer denn dieser großartige Mann sei und wie er heiße, antwortete Felix: »I' red' vom Josef Pfisterer, dem Kramer-Sepp, denst vielleicht eh kennst.«

»Ja«, meinte Therese, »vom Sehen her schon«. Der Kramer-Sepp ist also der Mann, der ihr zur Heirat angeboten wird, überlegt Therese. Dessen Vater im Suff umgekommen ist, so erzählen sich die Leute im Dorf; im besten Alter von sechsundvierzig Jahren sei er gestorben.

Er hatte sich zu Tode gesoffen, wenn man es genau nahm. Die Kramerin ließ er mit vier Dirndln, zwei Buben und dem Kramerladen allein zurück. Die Kramerin hatte aber Haare auf den Zähnen, was sich am besten bemerkbar machte, wenn man nicht in ihrem Kramerladen einkaufte.

»Was is'«, meldete sich Felix, »schlag ein, dann gehst in drei Wochen zum Traualtar.« Therese nickte kurz, und in Gedanken stellte sie sich ihr zukünftiges Leben an der Seite des Kramer-Sepp vor. Es war ein warmes Leuchten in ihren Augen, daß sie, die Sitzengelassene mit Kind, doch noch unter die Haube kam und ein bißchen Wärme und Zuneigung erwarten konnte.

Nach der Hochzeit, die still und bescheiden war, so wie es sich für arme Häuslleut' gehörte, zeigte sich, daß der Kramer-Sepp ein armer Fredder war. Er brachte sich mit der Karrerei mehr schlecht als recht durchs Leben, so wie es auch sein Vater tat. Außer ein paar Habseligkeiten und Minko, seinen betagten Waglhund, brachte er nichts in die Ehe ein. Therese, an Enttäuschungen gewöhnt, nahm es wortlos hin und fügte sich erneut in ihr Schicksal.

Das Leben im Häusl am Dorfrand ging nach wie vor seinen bescheidenen, aber rechtschaffenen Gang. Der Kramer-Sepp hatte sich in seine neue Umgebung gut eingefunden. Die Alten waren im Austrag und bewohnten die hintere Stube, die an den Stall angrenzte. Therese versorgte wie immer das Hauswesen und kümmerte sich um die beiden Kühe und das Kleinvieh. Die kleine Marie wurde von ihrem Stiefvater wenig beachtet, aber doch geduldet. Er tolerierte ihr Geplärre, das sie, wie es schien, verstärkt als Waffe einsetzte.

An jedem Morgen fuhr Sepp mit seinem Waglhund Minko über Land. Er kaufte bei den Bäuerinnen Butter und Schmalz, gelegentlich ein paar Tauben oder ein Suppenhuhn auf, um es am Nachmittag in Gaststätten, Geschäften und Privathäusern gewinnbringend zu verkaufen. Die Preise bestimmte der Sepp. Das Ei, im Einkauf drei Pfennig, darüber könne er nicht gehen, sonst käme er auf die Gant, behauptete er. In den Einödhöfen war der Kramer-Sepp gern gesehen. Er brachte alle Neuigkeiten mit und verstand es, mit humorvollen Worten seine Meinung dazu zu sagen. Als mündliches Tagblatt ersparte er den Menschen die Zeitung und alle fanden, daß das Zuhören sehr viel angenehmer sei als das Lesen. Für Therese und ihre Familie war durch die Heirat mit Josef Pfisterer ein besseres Leben absehbar. Alle hofften es, alle glaubten daran. Aber das Glück nach all den schweren Jahren ihres Lebens, das Therese so sehr erhoffte, vielleicht auch erträumt hatte, blieb nur kurz an ihrer Seite.

Ein gutes Jahr war Therese nun die Frau des Kramer-Sepp. Ein Leben ohne besondere Höhen und Tiefen, aber doch ohne größere materielle Not. Der Mann sorgte durch seine Arbeit für den notwendigen Lebensunterhalt, Therese brauchte nicht mehr im Taglohn zu arbeiten. Ein kleines, bescheidenes Glück, wenn die beiden nach Feierabend auf der alten Bank vor dem Haus saßen. Meist waren sie still und schweigsam und sahen der Sonne zu, wie sie im Westen unterging. Sie freuten sich über ihr »Sach«, ihre Heimat. In einigen Monaten wird es neues Leben in diesem Haus geben, dieses Mal erwünscht und legal. Niemand wird der werdenden Mutter nachtuscheln, wenn sie am Sonntag zur Kirche geht; sie kann es aufrechten Ganges tun.

Es war April des Jahres 1914. Die sechsjährige Marie wurde eingeschult, der kleine Georg machte, noch mühsam, seine ersten Schritte, und Minko, der Waglhund, hatte sein geplagtes Hundeleben beendet. An der Hand ihrer Mutter ging Marie dem ersten Schultag entgegen. An der Geburtsurkunde, die zur Schuleinschreibung notwendig war, zeigte es sich wieder, daß Marie das Kind einer unehelichen Dienstmagd war. Ein lediger Bankert, den sein Leben lang dieser scheinbare Makel begleitet, der sich wie ein roter Faden dahinzieht. Dieser standesamtliche

34

Vermerk wird immer wieder auftauchen, wenn nach Geburt und Herkunft gefragt wird. Illegal geboren, Vater nicht benannt – ein Schicksal von vielen.

Am weißblauen Himmel zeigten sich dunkle Gewitterwolken, drohend und furchterregend. Wie erstarrt hörten die Menschen die Nachricht, daß der österreichische Thronfolger Franz Ferdinand und seine Gattin Sophie in Sarajevo ermordet worden waren. Das bedeutete Krieg! Das Wort Mobilmachung schreckte die Menschen auf, Angst im Herzen um ihre jungen Männer, die in den Krieg ziehen mußten, zur angeblichen Verteidigung ihrer Heimat, einem Vaterland, das seine Söhne in den Tod schickte. Der Postbote brachte die ersten Stellungsbefehle nach Mosen, und bald flatterte auch in das Haus am Dorfrand ein solches Schreiben, adressiert an Josef Pfisterer, der sich bei den *Schwohlischä* in Augsburg einzufinden hätte.

Therese war wieder allein, und wieder hatte sich ein Kind angemeldet, das in eine ungewisse Zeit hineingeboren werden wird. Wie so viele andere Frauen, die die Arbeit ihrer Männer übernehmen mußten, nahm auch Therese die Krax'n auf den Buckel, so wie es ihr Mann getan hatte, nachdem Minko, der Waglhund, an Altersschwäche gestorben war. Sie ging von Hof zu Hof, täglich, unermüdlich, und kaufte und verkaufte die bäuerlichen Produkte. Mit fortschreitender Schwangerschaft wurde der weite Weg zu den Einödhöfen immer beschwerlicher, der Atem immer kürzer durch die zusätzliche Last auf ihrem Rücken.

Eines Nachts war es dann soweit. Nanni, die alte Hebamme, gab es nicht mehr. Unter der Last der Jahre war sie verstorben, betrauert von allen, die sie kannten. Ihre Nachfolgerin verhalf einem zweiten Buben im Haus am Dorfrand zum Leben.

Ein langer Winter ging im Mörntal zu Ende, ein Hauch von Frühling lag in der Luft. Nach einer Woche hievte Therese wieder die Krax'n auf ihren Rücken und stapfte den gewohnten Weg zu den entlegenen Bauernhöfen. Wenn sie am Abend müde nach Hause kam, ihre Kinder und den Stall versorgt hatte, dann spürte sie, wie ihr der Mann fehlte, den sie damals ungeliebt, aus der Not der Stunde heraus, geheiratet hatte. Wie sehr sie sich innerlich mit ihm verbunden fühlte, zeigte sich daran, daß sie seine Briefe mit Sehnsucht erwartete, immer in Unruhe und Angst, sie könnten eines Tages ausbleiben.

Die Todesmeldungen der Gefallenen kamen immer häufiger, die Totenglocke ertönte immer öfter das Tal entlang. Die Hoffnung auf einen baldigen Frieden zerschlug sich immer wieder, die Menschen wurden mißmutig und verbittert. Bald brauchte Therese ihre Krax'n nicht mehr zu schultern, es gab nichts mehr zu kaufen und zu verkaufen. Lebensmittelmarken wurden eingeführt; jeder bekam seine Ration zugeteilt, immer kleiner, immer dürftiger. Dann kam der Tag, an dem der Kramer-Sepp, nach seiner Verwundung aus dem Lazarett entlassen, auf Heimaturlaub kam. Für Therese kamen zehn gute, glückliche Tage, an denen sie nicht um das Leben ihres Mannes bangen mußte.

Zur gleichen Stunde läutete in Gars die Totenglocke dumpf und traurig über einen Gefallenen ihres Ortes.

Georg, der jüngste Sohn der Brauerei Lang, war den Heldentod gestorben. Schatten des Todes legten sich über die weitläufigen Gebäude des Besitzes, still und traurig, als wäre alles Leben in ihnen gestorben. Die Bräuin konnte das Geschehene nicht fassen, sie wehrte sich verzweifelt gegen das Schicksal, das zu tragen sie nicht bereit war. Schreiend und klagend, so erzählten sich die Leute, lief sie von einer Tür zur anderen, in den Hof, in die Keller, überall nach Georg rufend. Tief erschöpft schloß sie sich in ihr Zimmer ein, um in ihrer Trauer allein zu sein. Nur ihr Weinen war zu hören und ihre Anklage gegen Gott, der ihr den Sohn genommen hatte. Die starke Frau, deren Wille immer und überall zu gelten hatte, die von niemanden eine Widerrede duldete, zerbrach am Tod ihres Kindes. Sie wollte nicht erkennen, daß auch sie das vorbestimmte Schicksal annehmen mußte, so schmerzlich es auch war. In der Trauer und im Schmerz um ihren jüngsten Sohn kam ihr erst später zum Bewußtsein, daß auch Martin, ihr Erstgeborener, im Felde stand und den gleichen Gefahren ausgesetzt war.

Der Bräu, als Vater, litt stumm unter dem Verlust des Sohnes. Alt geworden, mit langsamen Schritten, sah man ihn nach Tagen über den Hof zum Sudhaus gehen, in dem der alte Simmerl mit ein paar betagten Männern den Betrieb aufrechterhielt. »Es is' koa Freud' mehr da herin'«, meinte der Simmerl zu seinem Herrn, »wenn ma so an Plempel macha muaß, wo koa Kraft mehr d'rin' is. A Jammer is des.«

»Ja«, sagte der Bräu nachdenklich, »der Krieg fordert auch im Sudhaus seinen Tribut«.

Nach der Trauerfeier blieben sonntags die angestammten Kirchenplätze der Familie Lang in der ersten Reihe des Gotteshauses leer. Der Bräu war alt und müde, die Bräuin stand seit dem Soldatentod ihres Sohnes mit ihrem Herrgott auf Kriegsfuß, und sonst gab es niemanden, der hier Platz nehmen konnte.

Nach vier langen Kriegsjahren zeigte sich ein Lichtstreifen der Hoffnung am Horizont, und im November 1918 war der erste Weltkrieg zu Ende. Trotz der Not und dem Elend, das der verlorene Krieg mit sich brachte, atmeten die Menschen auf. Die Soldaten kehren in ihre Heimatorte zurück, häufig körperlich und seelisch zerschunden; viele blieben draußen, begraben in fremder Erde. In der Heimat waren die Reihen der jungen Männer licht geworden, die Frauen von jahrelanger Schwerstarbeit abgerackert, die Kinder unterernährt. Und doch gab es Stunden des Glücks für die Menschen, deren Mann, Sohn oder Bruder nach Hause kam. Unter den Heimkehrern war auch Josef Pfisterer, der Kramer-Sepp aus Mosen.

Martin Lang, der Bräu-Sohn aus Gars, kehrte ebenfalls, von Strapazen gezeichnet, zurück. Die Freude war in diesem Hause getrübt durch den Tod des jüngsten Sohnes Georg, der in Frankreich gefallen war. Die Bräuin litt nach wie vor unter dem Verlust ihres Kindes, sie konnte dessen Tod immer noch nicht begreifen. Eine große Leere, so sagte sie, sei in ihrem Innern, die keine echte Freude mehr aufkommen ließ.

Das Jahr 1918 neigte sich dem Ende zu. Weihnachten wurde zwar in Frieden gefeiert, aber in bitterer Not. Die Lebensmittel wurden noch knapper und noch minderwertiger. Das Brot, vermischt mit Kleie und Kartoffeln, wurde für Kleinkinder und alte Leute zu einem gesundheitlichen Problem. Fleisch, Milch und Zucker waren eine echte Rarität und nur auf Tauschwegen zu bekommen. Das Geld verlor mehr und mehr seine Kaufkraft, und später sollte es unter den Händen dahinschmelzen. Was an einem Tag noch zehn Reichsmark kostete, war nach einigen Tagen nur noch für tausend Reichsmark zu haben. Gerechnet wurde in Millionen, Milliarden und Billionen. Inflation und Revolution bestimmten das Leben der Menschen, die ausgehungert und hoffnungslos jedem neuen Tag entgegensahen.

In dieser Zeit wuchs die kleine Marie heran, ein zartes Kind, von der Not des Krieges gezeichnet. Die Schule bereitete ihr keine Schwierigkeiten, denn sie besaß eine schnelle Auffassungsgabe. Sie ging gern in den Unterricht, denn zu Hause wurde sie zu allerhand Arbeiten herangeholt in Haus und Feld. Wenn Großvater wallfahrten ging, eine seiner Lieblingsbeschäftigungen, und manchmal tagelang nicht nach Hause kam, mußte Marie die amtlichen Schreiben der Gemeinde in die oft kilometerweit entfernten Einöden tragen; eine Aufgabe, die dem schwachen Kind viel Kraft und Anstrengung abverlangte.

Mit besonderer Freude erwartete Marie den Tag ihrer Erstkommunion, der für alle Kinder ihres Alters im religiösen, aber auch im weltlichen Sinne ein ganz besonderer Tag war. Einmal im Leben im weißen Kleid mit einem Blütenkranz im Haar der Mittelpunkt zu sein. Sie, die von niemand besonders beachtet wurde, träumte voller Erwartung diesem Tag entgegen. Doch er wurde zu einer herben Enttäuschung für das kleine Mädchen. Es hieß, es sei kein Geld im Haus, um ein weißes Kleid mit allem Zube-hör kaufen zu können. Der Not gehorchend, lieh man sich das Kleid von der Nachbarstochter aus, das viel zu lang und viel zu weit war. Auch die genagelten Schuhe waren ausgeliehen, die Kommunionkerze ebenfalls. Daß sie schon gebraucht war, sah man an dem angebrannten Docht und dem abgetropften Wachs, das an ihr haftete. Es lohne sich nicht, so hieß es, für den einen Tag unnötig Geld auszugeben. Stumm, mit traurigen Augen verbarg Marie ihre Enttäuschung, die aufsteigenden Tränen blie-ben ungeweint.

Inzwischen hatte sich die Karrer-Familie, wie sie im Dorf genannt wurde, erheblich vergrößert. Sechs Kinder, vier Buben und zwei Mädchen, bevölkerten das kleine Haus am Dorfrand. Es wurde aber immer nur von fünf Kindern gesprochen. Marie zählte nicht.

Dann kam ein Sommertag, den die damals Elfjährige in bitterer Erinnerung behalten hat. Der pflichtgemäße sonn-tägliche Kirchgang war beendet, die Kinder alle zu Hause. Da hieß es, daß der Photograph käme, der gerade im Ort sei, um die Familie auf dem Bild zu verewigen. Unter vielen Ermahnungen, Kleider und Haare in Ordnung zu halten, stellten sich Eltern und Kinder unter Anleitung des Photographen in Positur. Endlich konnte es losgehen.

Aber dem Kramer-Sepp schien etwas nicht zu gefal-len. Er trat vor, nahm Marie an die Hand und zog sie aus der aufgestellten Reihe mit den Worten: »Geh weiter weg, daßd' net auf's Bild kommst, du g'hörst net zu uns.« Das waren bittere Worte für das kleine, empfindsame Herz dieses Kindes. Dieses Mal mußte Marie die Tränen, die sie vergebens zurückzuhalten versuchte, weinen.

Ihr Stiefvater hatte die empfindlichste Stelle ihrer Seele getroffen. Wer war sie, daß sie anders war als ihre Geschwister? Warum gehörte sie nicht zu ihnen? Therese, die wohl den Schmerz des Kindes spürte, strich Marie leise über das Haar. Es war eine Geste, die als Ausgleich gelten sollte für das, was ihr von ihrem Stiefvater angetan wurde. An diesem Tag fühlte sich Marie alleingelassen, nicht dazugehörig, abseits stehend, weil sie anders war, unehelich geboren.

ᕃᕀ *Der Ernst des Lebens beginnt* ᘚ᠊

Im Haus am Dorfrand wurde es eng, die Mahlzeiten knapper, das Leben mühsamer. Der Kramer-Sepp mit seiner Krax'n auf dem Buckl hatte eine große Familie zu ernähren, die ihn zu vermehrter Arbeit zwang. Eines Abends machte er den Vorschlag, Marie zum Strasser-Bauern als Kindsmagd in Dienst zu geben, um daheim einen Esser weniger am Tisch zu haben. Er hätte schon angefragt beim Strasser-Bauern und gleich den nächsten Tag, nach der Schule, sollte Marie dorthin gebracht werden. Das war eindeutig. Dieser Vorschlag duldete keine Einwände, weder von Mutter, noch von Marie, die ohnehin nicht gefragt wurde.

Die Mutter, überrascht vom plötzlichen Einfall ihres Mannes, meinte vorsichtig: »Mei, sie is' halt no so klein, 's Dirndl, wart' ma noch a Jahr. Derweil is' sie aus der Schul'.« Aber alles war längst abgemacht und ausgehandelt. Und so kam Marie in den Dienst zum Strasser-Bauern als Kindsmagd.

Von diesem Tage an begann für sie der Ernst des Lebens. Das kleine Haus am Dorfrand war nun nicht mehr ihre Heimat. Sie war noch ein Kind, als sie damals zum Strasser-Bauern verdingt wurde – als Kindsmagd wie es hieß. Diese Tätigkeit war sie von zu Hause gewöhnt, sie hätte ihr keine Schwierigkeiten bereitet. Aber der Strasser-Bauer brauchte keine Kindsmagd; seine fünf

Kinder liefen unbeaufsichtigt umher. Was er benötigte, war eine weibliche Kraft, die für Essen und Schlafstelle arbeitete und später im Rang der Dienstboten aufsteigen konnte. Erst als Unter-, später als Mitterdirn, und, wenn sie sich bewährte, vielleicht sogar als Großmagd.

Doch diese Karriere gefiel Marie gar nicht. Sie wollte weder Unter-, noch Mitterdirn werden und schon gar nicht als Großmagd dienen. Sie wollte heraus aus dem Milieu, fort, weit fort. Doch diese Möglichkeit hatte sie nicht, sie ging ja noch zur Schule, die zu den liebsten Stunden ihres armseligen Lebens gehörte.

Auf dem Strasserhof hatte sie nichts zu lachen. Vor Sonnenaufgang kam die Mitterdirn an ihr Bett, weckte sie mißmutig mit den Worten: »Steh glei' auf, du mußt mit mir zum Eingras'n geh'.« Barfuß, mit einem für sie viel zu großen Rechen, mußte sie darauf achten, daß sie mit der Mitterdirn schritthalten konnte. Dann zog sie den langen Rechen durch das nasse, schwere Gras, Zeile für Zeile, immer wieder, für sie eine Ewigkeit lang. Übermüdet kam sie dann in der Schule an und wünschte, daß diese Stunden nie ein Ende nehmen würden.

Auf dem Strasserhof wurde sie gehetzt, Tag für Tag, von einer Stelle zur andern. In den Stall, in den Keller, in die Küche, und wenn es Nacht wurde und ihr vor Müdigkeit die Augen zufielen, dann waren erst noch die Schularbeiten zu erledigen. Völlig erschöpft schlief sie bis zum Morgengrauen, und der neue Tag brachte die gleiche Plage, immer und immer wieder. Manchen Schmerz, wenn sie sich verletzt hatte, ertrug sie stumm, denn für Wehleidigkeit hatte man kein Ohr. Ihre Hände waren rauh und rissig geworden, und in der Schule schlief sie vor Übermüdung ein. Es war ein armseliges Dasein für Marie.

Nach alter Tradition kamen sonntags öfter Verwandte und Bekannte zu Besuch auf den Hof, die die Neugier plagte und die wissen wollten, woher sie käme und wer sie sei. Da hieß es dann: »Ach die, die kommt vom Karrer drüben, ihre Mutter hat sie als ledig g'habt.« Da war es wieder, dieses Wort, das ihr den Stempel aufdrückte und das anfing, sie immer mehr zu belasten.

Der sonntägliche Kirchgang wurde auch auf dem Strasserhof pflichtgemäß getätigt. Nicht so sehr aus gläubiger Frömmigkeit, vielmehr aus Brauchtum, also alter Überlieferung, und weil man nicht als Ausnahme gelten wollte den anderen gegenüber. Ins Gerede kommen wollte man keinesfalls. Der Schein mußte gewahrt werden.

Der Weg zur Kirche wurde für Marie, je älter sie wurde, zum Spießrutenlaufen. Wenn sie sah, wie hübsch gekleidet die Mädchen ihres Alters waren, wie sehr wünschte sie sich dann ein solches geblümtes Kleid mit weißem Kragen, wie es die Tochter vom Pfandlbauern trug. Es war ein Wunschtraum, den sie sich nicht erfüllen konnte. Sie trug immer nur Kleider von Verstorbenen, die sie mit Mutter gemeinsam auftrennte und die die Störnäherin mehr schlecht als recht für sie zusammennähte. Immer mehr wurde der Wunsch in ihr mächtig, fort von hier, fort von Mosen und dem Strasserhof zu gehen. Sie wollte ihr Leben nicht als Dienstmagd leben. Es mußte doch etwas anderes auch noch geben, von dem sie allerdings keine rechte Vorstellung hatte.

Jahre vergingen, die Schule hatte sie hinter sich – und da kam ihr der Zufall zu Hilfe.

❦ *Der Weg in die Ferne* ❦

Wieder einmal war Sonntag. Auf dem Weg zur Kirche begegnete man Freunden und Bekannten, mit denen man die letzten Neuigkeiten besprach, sofern es welche gab. War einmal ein Fremder im Ort, der zu Besuch bei Verwandten war und zum Gottesdienst in die Kirche ging, so wurde das ausführlich beredet und Kleidung und Auftreten genauestens registriert. Eine fremde junge Frau, die vor Marie den Berg hinauf zum Gotteshaus ging, erschien ihr bewundernswert wegen der schönen Salzburger Tracht, die sie trug, und dem leichten, schwingenden Gang, der darauf schließen ließ, daß diese Dame keine schwere körperliche Arbeit zu leisten hatte. Marie war fasziniert von dieser Erscheinung. Fast gleichzeitig betraten sie die Kirche, und Marie setzte sich, wie es sich gehörte, in eine der hinteren Bänke zu den Dienstboten und Häuslleuten. Die Fremde aber blieb einen Augenblick an der Tür stehen, unschlüssig, wo sie Platz nehmen sollte. Dann ging sie auf Marie im Betstuhl zu und setzte sich neben sie. Mit scheuem Blick betrachtete diese ihre Nachbarin, die dies aber nicht zu bemerken schien.

Der Gottesdienst begann rechtzeitig, und Marie verfolgte ihn bis zur Predigt mit gebührender Andacht, so wie sie es in der Schule gelernt hatte. Doch bei der monotonen Predigt des Herrn Pfarrers vergaß sie immer wieder ihre guten Vorsätze und schlief aus Übermüdung ein; denn sie hatte auch am Sonntag früh schon mehrere Stunden harter Arbeit hinter sich. Erst das Scharren der Füße, ein Zeichen, daß die Predigt nun beendet war, holte sie wieder in die Wirklichkeit und damit zur Andacht zurück. Nach dem Segen verließen die Gottesdienstbesucher die Kirche, um für eine Woche zu ihrer schweren harten Arbeit in den bäuerlichen Betrieben zurückzukehren.

Der Heimweg brachte an diesem Sonntag für Marie eine entscheidende Wende in ihrem Leben. Die Fremde kam freundlich lächelnd auf sie zu und sagte: »Du hast schwere Arbeit zu tun, wie ich sehen kann.« Dabei betrachtete sie die rauhen, rissigen Hände des Mädchens, und die Müdigkeit, die Marie in der Kirche überfallen hatte, war ihr sicher auch nicht entgangen. Diese Erkenntnis machte das Mädchen sehr verlegen; sie spürte, wie sie vor Scham rot wurde. Sie traute sich kaum aufzublicken, als sie antwortete: »Ja, beim Strasser-Bauern bin ich Dienstmagd.«

»So«, antwortete die fremde Frau, »Dienstmagd bist du schon, in deinem Alter. Ein bißchen sehr jung noch für diese Arbeit; wie alt bist du denn?«

»Ich bin vierzehn und seit drei Jahren auf dem Strasserhof.« Die fremde Dame zog die Stirne etwas in Falten und sagte zu sich selbst: »Mit elf Jahren schon Dienstmagd.«

»Hast Du keine Eltern mehr?« sprach sie weiter. Da war sie wieder, die Frage, die zu beantworten ihr so schwer fiel. »Ich habe eine Mutter, aber keinen Vater. Einen Stiefvater hab ich halt«, gab sie zur Antwort. Die freundliche Frau schien kurz nachzudenken, dann sagte sie: »Möchtest du immer Dienstmagd bleiben auf dem Strasserhof?«

»Nein, ich möchte fort, am liebsten weit fort, und möchte einen Beruf erlernen, irgendeinen.« Und dann faßte Marie all ihren Mut. »Können Sie mir vielleicht dabei helfen?« fragte sie, obwohl sie genau wußte, daß ihr eine Fremde, die keinerlei Beziehung zu ihr hatte, niemals helfen würde. Doch die Freundlichkeit, mit der diese fremde Frau sie ansprach, tat ihrem jungen Gemüt so gut. So viele gute Worte hatte sie noch nie bekommen, zu Hause nicht und auf dem Strasserhof schon gar nicht.

Zu ihrem Erstaunen antwortete die Dame: »Ich werde mich für dich umsehen, das versprech' ich dir. Ich versprech' dir auch, daß du auf dem Strasserhof nicht mehr lange bleiben mußt. Gib mir deinen Namen und deine Adresse, damit ich dir schreiben kann.«

Zum Abschied reichte ihr diese freundliche Frau ihre weiche und gepflegte Hand und legte sie in die Hände des Mädchens. An diesem Sonntag ging Marie wie auf Wolken. Dieses Erlebnis hatte sich ihr tief eingeprägt. Dazu kam die Hoffnung, daß sie irgendwann einmal den Strasserhof verlassen würde.

Nach einigen Wochen kam ein Brief in sehr schöner Schrift an Marie Esterschneider, die Unterdirn und Letzte von allen auf dem Strasserhof. Sie konnte es kaum fassen, was da geschrieben stand: daß sie bei Ordensschwestern in Salzburg schon bald eine Lehre als Kinderpflegerin antreten könne. An diesem Tag war Marie unbeschreiblich glücklich, denn sie hatte erreicht, was sie sich schon so lange sehnlichst gewünscht hatte. Gerade vierzehn Jahre alt verließ sie den Strasserhof – für immer, um ein völlig anderes Leben zu beginnen.

Zu Hause reagierte man entsetzt und verärgert über ihren Entschluß, den man als Hirngespinst bezeichnete. Die alte Kramerin glaubte, sich hier einmischen zu müssen. In ihrer zänkischen Art schimpfte sie, ob Marie denn nicht wisse, daß so ein Paß allein schon einen Haufen Geld koste und das Besorgen in Mühldorf ebenfalls, ganz zu schweigen von den Reisekosten nach Salzburg. Völlig aufgelöst wischte sie sich den Schweiß von der Stirn und zeterte: »Du warst schon allaweil undankbar, sonst tät'st wissen, was d' deinem Stiefvater schuldig bist, der sich abrackert und der sich aus Gottesbarmherzigkeit deiner angenommen hat – deiner, als Bankert!« fügte sie noch hinzu.

Mutter weinte, der Kramer-Sepp schwieg, und Marie zählte ihre Barschaft. Nach Abzug der Paßgebühren blieben gerade noch zwei Mark siebzig übrig. Das waren genau die Reisekosten nach Salzburg. Sie sah das als ein gutes Omen an, auch wenn von ihrem Ersparten nichts mehr blieb. Ein Pappkarton, der außer einer Lüsterschürze nur das Allernotwendigste enthielt, war ihr armseliges Reisegepäck. So begann sie also ihre Fahrt ins Ungewisse, von der alle in ihrer Familie glaubten, daß es ein Hirngespinst sei und nur unnötig Geld koste, weil sie in spätestens einer Woche wieder zurück wäre. So weit zu reisen, für nix und wieder nix, wo sie es doch auf dem Strasserhof so gut gehabt hätte und ganz bestimmt noch zur Großmagd aufgestiegen wäre!

Marie wurde erst später bewußt, auf welches Abenteuer sie sich eingelassen hatte. Sie, die Vierzehnjährige, die außer einem guten Schulzeugnis nichts besaß, weder Geld noch Umgangsformen, um draußen in der Welt bestehen zu können!

Den halbstündigen Weg zum Bahnhof Mauerberg hatte sie bald hinter sich, und noch einmal ging ihr Blick hinunter nach Mosen ins Mörntal, auf das kleine Haus am Ortsrand, in dem sie zur Welt gekommen war. Drüben auf der anderen Seite des Wildbaches lag breit und behäbig der Strasserhof, von dem sie sich ohne Wehmut getrennt hatte. Vorerst sah sie mit viel Optimismus in die Zukunft, denn ihrer Vergangenheit nachzutrauern, dazu hatte sie keinen Grund. Schon als Elfjährige wurde sie ausgebeutet mit schwerster Arbeit, und um ihre seelischen Bedürfnisse kümmerte sich niemand. Ihr Leben kann also nur besser werden, so glaubte sie.

Salzburg! Marie war am Ziel ihrer Wünsche. Als sie durch das große Tor in die klösterlichen Räume trat, kam ihr dennoch ihre Armseligkeit zum Bewußtsein. Die jungen Mädchen, die an ihr vorbeigingen, waren alle adrett gekleidet und liefen leichtfüßig durch den langen, gepflegten Gang. Auch die ihr entgegenkommenden Ordensfrauen bewegten sich anmutig, um nicht zu sagen feierlich. Es schien ihr, als ob sie ein wenig mitleidig betrachtet wurde. Ihre Kleidung, die der Zweckmäßigkeit diente, aber ohne jeden modischen Chic von der Störnäherin zusammengenäht wurde, die derben Schuhe an den Füßen, den Persilkarton als Reisegepäck in den Händen, so war ihre ärmliche Herkunft für alle erkennbar.

»Grüß Gott, meine liebe Marie«, begrüßte sie die Schwester. »Es wird dir bei uns sicher gefallen.« Das wußte Marie jetzt schon, denn so gute, warme Worte hatte sie selten gehört. Durch lange Gänge geführt, glaubte sie, in eine andere Welt einzutauchen. Die Ruhe und Stille in

diesem Haus waren ihr fremd. Sie empfand sie aber überaus wohltuend. Die Schritte ihrer Begleiterin waren leise,
kaum hörbar – die ihren dagegen klapperten laut und hart.
Über mehrere Treppen waren sie vor einer Tür angelangt,
die die Schwester mit den Worten öffnete: »Hier bist du
zu Hause. Ich hoffe, du fühlst dich wohl bei uns und nun
richte dich häuslich ein.«

Marie stand in einem großen Schlafraum mit mehreren
Betten, und helles Licht strömte in den Raum. Bunte Vor-
hänge flatterten im leichten Luftzug, alles roch nach Sau-
berkeit und Frische. Ein gutes Gefühl, hier zu Hause zu
sein. Unwillkürlich mußte sie an die Kammer im Strasserhof denken, in der es immer nach Moder roch, deren Fenster vergittert waren und die sie mit Cilly, der grantigen
Mitterdirn, teilen mußte.

Die Arbeit machte Marie viel Freude, den Umgang mit
Kindern war sie gewöhnt, und das Lob, das sie häufig erhielt, regte sie zu neuem Eifer an. Die Schwesterntracht,
die die Schülerinnen trugen, führte dazu, daß sie sich den
anderen gegenüber gleichgestellt empfand und so das Gefühl der Minderwertigkeit allmählich verschwand. In Begleitung der Schwestern lernten die Schülerinnen die
Schönheit des Salzburger Landes kennen, seine Berge,
seine Menschen und Eigenarten. Doch abends vor dem
Einschlafen sah Marie das kleine Haus im Mörntal vor
ihren Augen, die Mutter, Josef, ihren kleinen Bruder, den
sie so sehr in ihr Herz geschlossen hatte – und drüben den
Strasserhof, der trotz oder wegen aller Plage in ihrer Erinnerung geblieben war.

Ein Jahr reihte sich an das andere, und je älter Marie
wurde, je näher das Ende ihrer Lehrzeit rückte, um so

mehr wurde in ihr der Wunsch lebendig, ihren Vater kennenzulernen, zu wissen, wo er wohnte, wie er lebte, was für ein Mensch er war. Sie wollte wissen, woher sie kam. Zu Hause schwiegen alle, wenn die Frage danach ging. Daß der Kramer-Sepp ihr Stiefvater war, das wurde ihr allzu deutlich gemacht, ebenso, daß sie ein lediger Bankert war, der kein Recht hat, solche Fragen zu stellen. Sie nahm sich fest vor, dieses Geheimnis zu lüften.

Die Lehrjahre in Salzburg gingen für Marie zu Ende. Es war eine gute und wertvolle Zeit. Sie war sehr traurig, als sie hier Abschied nehmen mußte von den liebgewordenen Menschen, die ihr sehr viel bedeutet und denen sie viel zu verdanken hatte.

Inzwischen starb in Mosen der Großvater, und bald darauf nahm auch Großmutter Abschied von dieser Welt, in der sie nicht allein zurückbleiben wollte, wie sie vorhergesagt hatte. Die größeren Geschwister waren schon aus dem Haus, und nun gab es wieder mehr Platz in der Karrerfamilie. Maries Heimkehr nach Mosen nahm man mit einigem Erstaunen wahr. Sie war nun kein Kind mehr. In den drei Jahren war sie zu einem siebzehnjährigen Mädchen herangewachsen, das sich verändert hatte. Ihr Gang war beschwingter geworden, ihre Sprechweise hatte sich verbessert, sie war selbstbewußter geworden. Ihre Nachbarin, die Weber Kathi, wie sie allgemein genannt wurde, faßte dies in einem Satz zusammen: »Ich hätt' dich bald nimmer kennt, wia ma sich bloß a so verändern kann!«

❧ *Wer ist mein Vater?* ❧

Maries Mutter war weit über ihre Jahre hinaus gealtert, sie schien müde und apathisch. Auf Maries drängende Frage nach ihrem leiblichen Vater antwortete ihre Mutter nach einer längeren Pause: »Von dem möcht i nix mehr hör'n«, und nach einigem Zögern, »wennst von ihm was wissen willst, dann frag unsern Nachbarn, den Weber Wastl, der weiß die ganze G'schicht von damals. Er wird dir schon das Richtige sagen.«

Sebastian Weber war Gemeinderatsmitglied, ein rechtschaffener Mann und der Karrer-Familie ein wohlmeinender, hilfreicher Nachbar. Erst später, viel später, erfuhr Marie den Grund, weshalb ihre Mutter sie an ihn verwiesen hatte.

Ihm trug sie ihr Anliegen vor. Er nickte ein paarmal, um nach einer kurzen Pause zu antworten: »I mein', es wird Zeit, daß du dein' Vater kennenlernst. Morgen«, so sagte er in bestimmtem Ton, »fahren wir nach Gars. Ich hab' eh dort was zu erledigen, dann werd' ich ihn dir zeigen, deinen Vater, der sich von dir und deiner Mutter weggeschlichen hat, der saubere Ehrenmann. Ich will ihm beweisen, daß du auch ohne seine Alimente großgeworden bist. Vielleicht hat er noch a wen'g a G'wiss'n, a wen'g an Anstand, um sich an dich und deine Mutter zu erinnern.«

Auf dem Weg nach Gars erfuhr Marie von Sebastian Weber die erschütternde Tragödie der Familie Lang. Die Brauerei gibt es nicht mehr, sie ist in andere Hände übergegangen. Durch Spekulationen kam der jahrhundertealte Familienbesitz in den Ruin. Das Geld, das die vermögende Frau von Martin Lang eingebracht hatte, war der Inflation zum Opfer gefallen. Die alte Bräuin, immer noch angeschlagen von dem Tod ihres jüngsten Sohnes, mußte zusehen, wie alles zugrunde ging. Verarmt starb sie an gebrochenem Herzen, so sagte man.

Der alte Bräu, so hieß es, sitze nachts zusammengesunken und Selbstgespräche führend auf den Stufen des Sudhauses, das einmal sein Eigentum gewesen war und nun fremden Menschen gehörte. Die ersten Bänke in der Pfarrkirche, ein Platz der Ehre und seit undenklichen Zeiten dem Bräu von Gars zugehörig, haben nun andere Menschen in Besitz genommen. Ein kleines, abgelegenes Gasthaus, in das sich selten jemand verirrte, war das einzige, was von dem großen Besitz übriggeblieben war. Dorthin zog die Familie Lang, die sich nun ein neues Leben auf dem abgewirtschafteten Anwesen aufbauen mußte.

Mit weit ausholenden, festen Schritten, denen Marie nur mühsam folgen konnte, ging Sebastian Weber auf dieses Gasthaus zu. Die Wirtsstube war leer, außer ihnen gab es keine Gäste. Eine verhärmte Frau mittleren Alters fragte nach ihren Wünschen, und ein alter Mann, den – wie man sehen konnte – das Leben arg gebeutelt hatte, setzte sich zu den beiden. Nach den üblichen Fragen, dem Woher und Wohin ihrer Reise, entgegnete der Weber Wastl: »Wir zwei, die Marie und ich, wir kommen aus Mosen und san da an unser'm Ziel.«

»Bei uns, in dem verlassenen Nest?« fragte der alte Mann.

»Ja, genau da«, antwortete Sebastian Weber. Der Alte zog die Brauen ein wenig hoch, als müßte er nachdenken, sich an etwas erinnern. Inzwischen kam ein jüngerer Mann aus der Küche und lehnte sich an den Türpfosten, das Gespräch aufmerksam verfolgend. Er betrachtete die beiden Gäste mißtrauisch.

Sebastian Weber sprach weiter: »Is des dein Sohn?« dabei machte er eine Bewegung in Richtung Küchentüre.

»Ja«, antwortete der alte Mann, »das ist Martin, mein Sohn, und ich bin, das heißt, ich war der Bräu von Gars.«

»Ist mir bekannt«, meinte Sebastian Weber lakonisch. »Und mia san g'komma, damit des Dirndl amoi sein' Vater kennenlernt, eam da.« Dabei deutete er auf Martin Lang, der immer noch stumm am Türstock lehnte. Für ein paar Augenblicke entstand eine peinliche Stille. Marie wurde es etwas mulmig, als sie den Mann sah, der ihr Vater sein sollte.

»Schau Dirndl«, belehrte sie Sebastian Weber, »des is dei Vater, der sich druckt hat, wia's ums Ganze ganga is', drum hast aa du sein' Nam' net kriagt, bist deiner Lebtag a lediger Bankert. Schau ihn dir g'nau an, dein' Vater, der g'meint hat, er macht es recht schlau damals, mit deiner Mutter, er und sein Bruder, Gott hab' ihn selig, soll ihm net schaden in der Ewigkeit drüben.« Und zum Bräu gewandt: »Aber euch hat's kein Glück bracht, und weißt du, Bräu, was ich dir sag, dir und deim Buam: Recht is' euch g'scheh'n, daß euch so vui Unglück troffen hat. Tief seids runterg'fall'n, von ganz oben nach ganz unten. Und jetzt möcht ich zahlen, damit

wir geh'n können, sonst werd's mia noch schlecht da herin.«

Nach diesen Worten nahm Sebastian Weber Marie an
der Hand und schritt mit ihr zur Tür. Das Mädchen drehte
sich noch einmal um, um sich das Gesicht des Mannes
einzuprägen, der ihr Vater war. Doch der Platz an der
Küchentüre war leer. Er hatte sich weggeschlichen, ihr
Vater, so wie damals. Lautlos ging er, kaum daß sie ihn
gesehen hatte, aus ihrem Leben – für immer. Enttäuscht
sagte sie: »Er ist fortgegangen, ohne etwas zu sagen.«

Und Sebastian Weber meinte: »Mei, Dirndl, hast du
was anders erwartet? Solche Leut' hab'n koa Gewissen,
de hab'n vor lauter Geldzähl'n ihr Inneres vergessen oder
verlor'n, wia ma's nimmt. Ja, und jetzt sans' auf Gant
komma, so kann's geh'n. Da sagt ma allerweil, es gibt
koa Gerechtigkeit auf dera Welt. Jawohl, die gibt's, ganz
g'wiß gibt's de, wenn's aa manchmoi lang dauert.«

In Mosen hörte sich die Mutter Maries Bericht gelassen
an, als hätte sie so etwas erwartet. Sie wurde ganz still
und nachdenklich, bis sie nach einer Weile sagte: »Is nimmer wichtig für mi. Dafür is zuvui Wasser d'Mörn nun-
terg'laffa.«

Fernweh

Die Familie des Kramer-Sepp schleppte sich mühsam durch die Tage. Mutter Therese kämpfte sich mit Ärger und finanzieller Not von Woche zu Woche, immer in der Hoffnung, daß doch noch eine bessere Zeit für sie und die Kinder kommen möge. Obwohl ihr Mann täglich mit seiner Krax'n über Land ging, wurde das Geld immer weniger und das Leben immer schwieriger. Denn der Kramer-Sepp konnte an keinem Wirtshaus vorbeigehen, ohne einzukehren, und ließ oft genug seine Tagesverdienste – oder sogar noch mehr – dort. Er kam immer öfter spät in der Nacht nach Hause – oder wurde von Frau und Kindern völlig betrunken heimgeschleppt. Es passierte sogar, daß er sternhagelvoll im Straßengraben lag, die Eier zerbrochen, Butter und Schmalz im Morast verstreut, für den Verkauf nicht mehr geeignet. Einmal meinte der kleine Josef zu ihm: »Hätt'st liaba a Milli trunken, Vater, dann wär' des net passiert!«

Den Kramer-Sepp rührte das nicht, weder Worte, noch Tränen, noch die Vorwürfe seiner Frau, zu der er immer seltener rechtzeitig heimkehrte. Die Leute im Dorf prophezeiten: »Dem geht's noch wia sein'm Vater, der is' auch im Suff um'kommen.«

Um das Leben für sich und die Kinder erträglicher zu machen, ging Therese wieder in den Taglohn. Frühzeitig gealtert, den Rücken krumm durch Last und Sorge, stand sie nun wieder auf den Feldern der Grundbesitzer, schuftend und schwitzend für wenig Lohn.

Trotz seines Lasters hielt Therese zu ihrem Sepp, der den Kindern sonst ein guter Vater war und der seine Frau immer um Verzeihung bat, wenn er nüchtern war, ihr über den Scheitel oder die Wange strich, um so ihre Zuneigung wieder zu gewinnen. Für Therese war dieser dürftige Liebesbeweis ein Ereignis, das sie alles andere verzeihen und vergessen ließ, obwohl sie wußte, daß sie weiterhin im Taglohn arbeiten mußte, um sich und die Kinder durchzubringen. So wartete sie geduldig auf bessere Zeiten, immer in der Hoffnung, daß sie eines Tages kommen. Damals ahnte sie noch nicht, daß nach vielen Jahren eine politische Wende der Trunksucht ihres Mannes zwangsläufig Grenzen setzen würde.

Marie drängte es wieder fort. Das Fernweh packte sie mit unwiderstehlicher Macht. Der drängende Wunsch, ihren Vater zu finden, ihn einmal zu sehen, hatte sich erfüllt, wenn auch auf andere Weise, als sie sich das immer erträumt hatte. Eine herbe Enttäuschung blieb davon zurück, und nun hielt sie nichts mehr zu Hause.

Wieder ging es über die Landesgrenzen hinaus, neuen Erlebnissen entgegen. Das vielbesungene Wien sollte Maries nächster Wohnort werden. Sie freute sich auf diese Stadt und dachte an den Stephansdom, an die Donau, den Prater, den Wienerwald und vielleicht auch den Heurigen; voller Erwartung bereitete sie sich auf die Reise vor.

Durch die Vermittlung der Salzburger Schwestern kam sie in ein sehr vornehmes Haus am Stadtrand von Wien.

Sie war sehr glücklich; der 18. Bezirk war eine feine Adresse. Diese gutsituierten Geschäftsleute waren überaus freundliche Menschen, die beiden Kinder, Maximilian und Josephine, waren gut erzogen. Das Personal war ihr gegenüber höflich und zuvorkommend.

Es blieben keine Wünsche offen. Marie wurde angewiesen, die Kinder bis zum Schulbeginn zu betreuen, ihnen gute Umgangsformen beizubringen und sie auf die Schule vorzubereiten. Nun hieß es für sie, das Erlernte bestmöglich anzuwenden. Sie fühlte sich gefordert und nahm sich vor, ihre Kenntnisse in allerbester Form umzusetzen.

Zunächst mußte sie, eine fremde, unbekannte Person, das Vertrauen ihrer Schützlinge gewinnen. Es brauchte sehr viel Einfühlungsvermögen und Geduld, um von den Kindern anerkannt zu werden. Marie war nicht nur für ihr körperliches Wohlbefinden verantwortlich, sondern auch und vor allem für ihre vielen kleinen Probleme und Nöte. Diese gemeinsam mit den Kindern zu lösen, erschien Marie erstrangig. Sehr glücklich war sie immer, wenn die Kinder unaufgefordert mit ihren kleinen Sorgen zu ihr kamen; da wußte sie, daß sie akzeptiert war.

Da ihr Aufenthalt als Erzieherin an allen Orten stets nur begrenzt sein konnte, so hieß es immer wieder Abschied nehmen, wenn die Kinder ein bestimmtes Alter erreicht hatten. Nach zwei Jahren nahm Marie nun Abschied von den beiden ihr lieb gewordenen Kindern, von diesen freundlichen Menschen und der schönen Stadt.

Marie trieb es weiter in die Ferne. Es ist doch etwas Seltsames um das Fernweh, das einen wie ein Fieber erfaßt und nicht mehr losläßt, immer weitertreibt, immer fort, fort in die Welt hinaus. Ebenso unverständlich ist die Sehnsucht nach der Heimat, wenn man längere Zeit in der Fremde war und mit unwiderstehlicher Macht das Heimweh verspürt.

Maries nächster Arbeitsplatz war in Ungarn, in der Stadt Debrezin. Sie befaßte sich vor ihrer Anreise mit der ungarischen Landessprache und konnte sich schon bald in ihr verständigen. Den drei Kindern, die sie zu betreuen hatte, sollte sie unter anderem die deutsche Sprache näherbringen. Marie hielt es für selbstverständlich, daß es ihr hier in Debrezin genauso gut ergehen würde wie in Wien bei den angenehmen, freundlichen Menschen.

Doch hier erwarteten sie Enttäuschungen, die sie vorher nicht ahnen konnte. Zum einen war es die Landschaft der ungarischen Tiefebene, die ihr gar nicht recht gefallen konnte. Sie vermißte die österreichischen Berge und das Alpenvorland ihrer Heimat. Diese unendliche Weite machte sie melancholisch.

Ihr Dienst führte sie in die Budapester Straße, in ein großes Haus, dem man ansah, daß hier Menschen von Stand wohnten. Das Familienwappen über dem großen Portal und der Name »von Nagy« ließen erkennen, daß die Bewohner von ungarischem Adel waren.

Maries Aufnahme war frostig und unpersönlich. Die Dame des Hauses, die Baronin von Nagy, machte einen ungepflegten Eindruck, und ihre Manieren schienen nicht von Adel zu sein. Unvermittelt wünschte sie, Maries Paß zu sehen, den sie an sich nahm, ihn in eine Schublade legte und diese zweimal verschloß. Das war mehr als ungewöhnlich.

Auf Maries Bitte, ihr dieses wichtige Dokument wieder auszuhändigen, antwortete Frau Baronin: »Das ist in meinem Haus nicht üblich, der Paß bleibt in meinen Händen.« Das gefiel Marie nun gar nicht, aber sie fügte sich dieser Anordnung, wenn auch mit ungutem Gefühl. Es wäre besser gewesen, wenn sie es nicht getan hätte.

Vom Hausmädchen wurde sie in das Kinderzimmer geführt, das zugleich auch Maries Wohn- und Schlafzimmer werden sollte. Hier sah es aus wie bei armen Leuten: denkbar primitiv, was Möbel und Ausstattung betraf. Auf Maries Frage, wo sie denn schlafen sollte, zeigte das Mädchen auf ein kurzes, schmales Sofa. Marie war deprimiert und traurig, wenn sie die Pracht dieses Hauses betrachtete und dann das Wohn- und Schlafzimmer der Kinder, das ja auch das ihre war.

Beim Abendessen wurde sie mit den drei Buben bekannt gemacht, bei denen nicht die geringste Spur von Erziehung erkennbar war. Hier hatte sie einen schweren Stand, das war ihr am ersten Tag schon klar. Noch nie, auch nicht in ihrem späteren Leben, hatte sie so schwer erziehbare Kinder zu betreuen wie diese. Sie waren von einer fast krankhaften Zerstörungswut besessen. Bücher und Spielzeug fielen ihr zum Opfer, und auch der Papagei in seinem Käfig war ihrer Willkür ausgesetzt. Es gefiel ihnen, wenn sie das Tier mit Wasser beschütten konnten, so daß es sich dann in seiner Not hilflos schreiend zur Wehr setzte.

In dem groß angelegten Park bewarfen sie Katzen und

Vögel mit Steinen und freuten sich, wenn sie ein Tier getroffen hatten und es laut aufschreiend das Weite suchte oder verletzt liegenblieb. Marie weigerte sich, mit diesen Kindern auf die Straße zu gehen, denn ihr schienen sie nicht beherrschbar, wenn sie anderen Kindern die Mütze vom Kopf zogen oder sie mit den Füßen traktierten. Marie mußte sich dann dafür entschuldigen und den Betroffenen versichern, daß dieses Verhalten Strafe nach sich zöge.

Trotz aller Mühe, die sie sich gab, wollten diese Kinder sie nicht akzeptieren. Sie mißachteten ihre Anweisungen und führten bei den Eltern Klage über sie, so daß es immer wieder zu Mißstimmungen und Differenzen kam. Frau Baronin pflegte dann zu sagen: »Sie haben meinen Kindern nichts zu befehlen oder sie zu beherrschen. Sie sind hier angestellt, um unsere Söhne zu betreuen, ihnen die deutsche Sprache zu lernen und sonst ihren Willen gelten zu lassen: Ich dulde keine Maßregelung meiner Kinder.«

Wie sollte sie unter diesen Bedingungen erzieherisch wirken können! Ein schwerer Stand, weiß Gott! Herr Baron schien die Ansichten seiner Gemahlin nicht zu teilen. Er mißbilligte ihr Verhalten, wenn sie ungewaschen, unfrisiert, aber von einer teueren Duftwolke umgeben im Nachthemd zum Frühstück erschien und dann sofort den gedeckten Tisch kritisierte. Dann fielen von Seiten des Herrn Baron Bemerkungen wie: »schlechtes Vorbild für die Kinder, keine guten Manieren«.

An manchen Tagen, wenn es zum Streit zwischen dem Herrn und der Frau Baronin kam, konnte man ihre schreiende und kreischende Stimme nicht nur im Haus, auch im Park und auf der Straße hören. An solchen Tagen ging man ihr am besten aus dem Weg, um nicht Opfer ihrer schlechten Laune zu werden. Ihrer gravierenden Unordnung war es zuzuschreiben, daß sie Gegenstände, die sie gerade benutzen wollte, nicht fand; ein Schal, ein Ring, eine Brosche. Es lag nahe, daß das Personal verdächtigt wurde. »Diebsgesindel, mit was habe ich solche Dienstboten verdient!« schrie sie dann. Meist fanden sich die gesuchten Dinge nach kurzer Zeit wieder, aber eine Entschuldigung war von Frau Baronin nicht zu erwarten.

Trotz dieser widrigen Umstände hoffte Marie von Woche zu Woche, daß es ihr doch noch gelingen würde, diesen Kindern ein Mindestmaß an guten Manieren beizubringen. So sehr sie sich auch bemühte, sie ließen sich nicht in ihre Grenzen weisen. So bat sie um ihre Entlassung und um ihren Paß. Doch die Frau Baronin hatte, den Paß betreffend, taube Ohren. »Nein«, sagte sie, »dieser Paß ist verschlossen und Sie bekommen ihn erst dann, wenn ich es für richtig halte.«

Ohne Paß aber war Marie hilflos, sie kam nicht außer Landes. Ihre wiederholten Bitten blieben erfolglos, sie wurden mit einem siegesgewissen Grinsen beantwortet. Marie wußte einfach nicht mehr weiter. Der Paß ging ihr Tag und Nacht nicht mehr aus dem Kopf. Die Frage, wie komme ich wieder in den Besitz meiner Papiere, quälte sie von Tag zu Tag mehr. Dazu schmerzte jeden Morgen ihr Rücken von der ungewöhnlichen Schlafstelle, die zur Nachtruhe nicht geeignet war. Sie fühlte sich in diesem Hause krank und verzweifelt. Da kam ihr eines Nachts der rettende Gedanke. Sie meldete sich tags darauf auf dem Polizeirevier und klagte dem Beamten ihr Leid. Da erfuhr sie, daß dies eine bewährte Methode der Frau Baronin sei, um ihre ausländischen Angestellten festzuhalten, die daraufhin häufig nicht wußten, wie sie reagieren sollten.

Unter polizeilicher Begleitung bekam Marie ihren Paß ausgehändigt und konnte endlich dieses Haus und die Stadt Debrezin verlassen. Ein unerfreulicher Lebensabschnitt blieb in ihren Erinnerungen zurück.

Um Debrezin und seine Menschen zu vergessen, fuhr Marie zu einem kurzen Wiedersehen nach Mosen. Mutter sah müde und verhärmt aus, den Stiefvater bekam sie wenig zu Gesicht, und Josef, der jüngste und liebste Bruder, war schon zu einem jungen Mann herangewachsen. Maries Erspartes in all den Jahren konnte sich sehen lassen, und so übergab sie der Mutter einen Teil davon, damit sie sich auch einmal einen Wunsch erfüllen könne, der in ihrem Etat nie eingeplant war. Später erfuhr sie, daß Mutter dieses Geld für dringend notwendige Dinge des täglichen Lebens ausgegeben hatte. Für sie selbst blieb – wie immer – nichts übrig.

Wieder packte Marie ihr Bündel, um in die Ferne zu reisen. Die Slowakei, die Hohe Tatra war ihr Ziel. Die Stadt hatte den unaussprechlichen Namen Banská Bystrica. Hier lebte sie wie im Märchen. Ein traumhaftes Schloß in einem riesigen Park, im Hintergrund die Berge der Hohen Tatra, vor ihr im Tal die Stadt Banská Bystrica. Dieser Besitz und große Ländereien dazu gehörten dem Markgrafen Leopold von Cleywitz und seiner Frau Ilona. Marie wurde überaus herzlich empfangen, die beiden Kinder, Niki und Anja, ihre Schützlinge, kamen ihr höflich und vertrauensvoll entgegen. Eine wohltuende Atmosphäre im Vergleich zum Haus in Debrezin.

Ein großes helles Zimmer mit Blick auf die Berge der Hohen Tatra war nun ihr Zuhause. Dieser abgeschlossene Wohnraum hatte alle ihre Erwartungen übertroffen. Die Durchgangstüre zu den Kinderzimmern erleichterte ihre Arbeit: Sie hatte auf diese Weise ständig Kontakt zu ihren Schützlingen.

Die gräfliche Familie legte größten Wert auf die Pflege der deutschen Sprache, die den Kindern erhalten bleiben sollte. Mit deutschen Märchen und Geschichten konnte sie die beiden faszinieren, und das deutsche Abendgebet am Tagesende war eine Selbstverständlichkeit. Es war eine glückliche Zeit für sie.

In diese Zeit fällt Maries einundzwanzigster Geburtstag. Eines Tages erhält sie ein polizeiliches Schreiben. Eine Vorladung auf ein Polizeipräsidium hat immer etwas Beängstigendes, und so machte sie sich mit Herzklopfen auf den Weg in das Amtsgebäude. Es fiel ihr ein Stein von Herzen, als ein freundlicher Beamter ein amtliches Schreiben aus ihrer Heimat vorlas, daß der Vormund Sebastian Weber, wohnhaft in Mosen, an dem Tag ihrer Volljährigkeit von diesen Pflichten befreit sei. Das waren Neuigkeiten, denn von der Existenz eines Vormundes hatte Marie keine Ahnung. Nun wurde ihr klar, weshalb sich Sebastian Weber damals so sehr ihrer angenommen hatte, als es galt, ihren Vater aufzusuchen. Obwohl sie von seiner Eigenschaft als Vormund nichts wußte, hat sie diesen rechtschaffenen Mann immer in guter Erinnerung behalten.

Drei gute Jahre ihres Lebens gingen für Marie in Banská Bystrica zu Ende. Mit Tränen verabschiedete sie sich von diesen liebenswerten Menschen und den Bergen der Hohen Tatra. Doch sie, der Zugvogel, hatte schon wieder neue Pläne. Diese führten sie nach Rom, in die Heilige Stadt, von der sie schon viel gehört, die sie aber noch nie gesehen hatte.

Rom, die Ewige Stadt

Marie mußte sich nun wieder in einer anderen Sprache zurechtfinden. Von Natur aus hatte sie die Fähigkeit, Fremdsprachen leicht und schnell zu erlernen. So konnte sie sich in kurzer Zeit in Italien relativ gut verständigen und mit der Zeit ihren Wortschatz erweitern. Das Italienische ist zu ihrer Lieblingssprache geworden, in der sie sich bis ins hohe Alter hinein gut verständigen konnte. Nachts träumte sie nicht in ihrer Muttersprache, sondern sie dachte und sprach italienisch. Mit Italien und der Heiligen Stadt sollte sie ihr Leben lang ganz eng verbunden sein.

Maries Wirkungskreis war diesmal die Diplomatenfamilie Di Montini in der Via Veneto in Rom. Sie hatte die Aufgabe, das einzige Kind, ein kleines Mädchen, zu betreuen, es zur Schule zu begleiten und von dort wieder abzuholen. Diese adelige Familie führte ein großes Haus mit einer Dienerschaft, die keine Wünsche offen ließ. Einer der beiden Chauffeure brachte die kleine Paola zur Schule und zurück, aus Sicherheitsgründen, wie es hieß.

Zu diesem Mädchen hatte sie bald einen sehr engen und herzlichen Kontakt. Paola sah in ihr die Bezugsperson, die dafür sorgte, daß sie nie allein war, die zuhörte, wenn es kleine Probleme oder Fragen gab, die immer Zeit hatte und Tag und Nacht bei ihr war.

Die Eltern hatten aufgrund ihres hohen Standes viele Verpflichtungen und waren abends nur selten zu Hause. Um im Sommer der Hitze der Stadt zu entgehen, fuhr die Familie auf ihr großes Landgut, das nördlich im herrlichen Umland von Rom lag. Ein riesiger Besitz mit Obst- und Olivenplantagen und allen Annehmlichkeiten. Im Herbst kehrte die Familie wieder in die Stadt zurück, und hier begann nach der Sommerpause das gesellschaftliche Leben erneut in vollem Umfang.

In der Zeit vor Weihnachten kam für Marie ein glücklicher Tag, den sie nicht vergessen würde. Einige Deutsche, die in Rom lebten, luden sie in ihren Kreis in das *Deutsche Haus* ein. Hier traf man sich zu kulturellen Veranstaltungen, zu Aussprachen, zum Austausch von Neuigkeiten, besonders, was die Heimat betraf. Hier sprach man deutsch und hier sang man deutsche Lieder. Der Zauber der Vorweihnachtszeit nahm Marie gefangen, und sie spürte Heimweh. Während es in Rom regnete, sah sie das verschneite Mörntal, den Rauhreif an den Bäumen, den dampfenden Wiesenbach und das kleine Haus am Dorfende, das in tiefem Schnee lag. Diese Begegnung war ein Stück Heimat, die man in der Fremde manchmal sehr vermissen kann und die einem hier so nahegebracht wurde. Aus dem Heimweh der Menschen entstand dieser Kreis, weil sie in der Fremde leben mußten und Sehnsucht nach ihrem Zuhause hatten. Menschen aller Berufs- und Bildungsschichten waren hier vertreten und fühlten sich durch die Heimat miteinander verbunden.

Nach dem Erlebnis dieses ersten Abends kehrte Marie gedankenversunken in die Via Veneto zurück. Doch hier erwartete sie eine weinende, schreiende Paola, verzweifelte Eltern und ein aufgeregtes Personal. Was war geschehen?

Da rannte die Kleine schon die Treppe herab, auf Marie zu und sagte schluchzend: »Marie, Marie, du bist weggelaufen, das darfst du nicht, ich habe dich überall gesucht und nun muß ich weinen, weil du nicht da warst …, bleib bei mir, geh nicht fort.«

Marie wurde es bei diesen Worten, die soviel Zuneigung aussagten, ganz warm ums Herz. Sie nahm Paola auf ihre Arme, trocknete ihre Tränen und trug sie über die Treppe in ihr Schlafzimmer. Dabei sagte sie dem Kind beruhigende Worte und versprach ihm, daß sie es nie mehr alleinlassen würde.

Wie so oft, mußte dann Marie von ihrer Heimat erzählen, von Mosen, wo es nun schneit und wo es sehr kalt ist, während es in Rom regnete, und daß das Christkind sich bald auf den Weg mache, um zur Erde zu kommen. Erschöpft und zufrieden schlief Paola ein. In dieser Nacht rief sie immer wieder nach Marie, um sich zu vergewissern, daß sie auch wirklich noch da war. Von den Aufregungen dieses Abends noch angeschlagen, bat am nächsten Morgen Signora Di Montini Marie zu sich.

»Ich muß Sie bitten, liebe Marie«, so sagte sie, »daß Sie nur noch am Tag ausgehen, damit sie abends bei Paola sind. Ein Abend wie der gestrige, der war entsetzlich. Das Kind schrie und weinte nach ihnen und war mit nichts zu beruhigen. Es fiel uns allen ein Stein von Herzen, als Sie wieder da waren.« Die schönen Stunden im Kreise der Landsleute im *Deutschen Haus* waren für Marie damit beendet.

Zu den häufigsten Gästen des Hauses Di Montini gehörte auch Bischof Hudal, ein gebürtiger Österreicher, dessen Wort in kirchlichen Kreisen Gewicht hatte. An einem Tag vor Weihnachten war sein Besuch in der Via Veneto angesagt. Dieses Mal war er in Begleitung eines jungen Mannes gekommen, den er Michael nannte, und der der *Schweizergarde*, der Leibwache des Papstes, angehörte. Dieser junge Mann schien die Familie Di Montini gut zu kennen, denn ihre Begrüßung war herzlich.

Bei Michaels Anblick mußte Marie unwillkürlich an den Ausspruch der Signora Di Montini denken, die zu ihr einmal gesagt hatte: »Es ist eine alte Tatsache, die immer wieder zutrifft: Die Männer der *Schweizergarde* sind die schönsten Männer von Rom.« Und in der Tat, was diesen Michael anging, traf diese Bemerkung bestens zu.

Sein Äußeres war überaus ansprechend und sein Auftreten, seine guten Umgangsformen, zeugten von Bildung und Intelligenz. Er muß wohl eine gute Kindheit gehabt haben, um so zu wirken, daß er in hohen Kreisen so sicher verkehren kann, überlegte Marie. Sie war von seiner Erscheinung, seinem bescheidenen Charme verzaubert. Dieser bemerkenswerte Mann versetzte sie in plötzliche Unruhe, und in dieser Nacht lag Marie noch lange wach. In dieser Nacht wußte sie noch nicht, daß diese Begegnung für sie bedeutungsvoll werden würde, daß ihre erste junge Liebe zaghaft und unsicher zu wachsen begann und Michaels Bild immer in ihrem Herzen bleiben würde.

In Deutschland gab es große politische Veränderungen. Im Januar 1933 hatte Hitler die Macht übernommen. Er war nun Reichskanzler, und bald nannte er sich »Führer

des Deutschen Reiches«. In der Zeit der großen Arbeits-
losigkeit hatte er den Menschen Arbeit und Brot ver-
sprochen, und man glaubte zu gerne daran. Daß dieses
Regime zum Krieg und schließlich zum Zusammen-
bruch unserer Heimat führen würde, das ahnten damals
nur wenige.

In Italien hörte man von dem großen politischen Um-
sturz in Deutschland, und es stellte sich die Frage, wie
und in welchem Sinne sich diese Umwälzung auf Italien
auswirken würde.

Man war beruhigt. Da stand erst einmal das Konkordat
mit der katholischen Kirche, die gute Beziehungen hatte,
und andererseits die tiefe Sympathie, die Papst Pius XI.
und sein Sekretär Eugenio Pacelli für das Deutsche Volk
hegten. So könnte eigentlich das Geschehen nur eine gute
Wende nehmen, auch für das italienische Volk, so glaubte
man.

Dann kam das Jahr 1934. Für Marie ein denkwürdiges
Jahr, mit einer ihrer schönsten Erinnerungen. Am Pfingstsonntag dieses Jahres wurde Bruder Konrad von Parzham
in einem feierlichen Ritual heiliggesprochen. Der Ordens-
bruder aus dem Kapuzinerkloster Altötting, der ursprüng-
lich aus dem bayerischen Rottal stammte, war ein Lands-
mann von Marie. Dieser Tatsache und der Vorsprache
Bischof Hudals hatte Marie es zu verdanken, daß sie als
Ehrengast in den ersten Reihen neben Diplomaten und
hochgestellten Persönlichkeiten den Feierlichkeiten im
Petersdom beiwohnen durfte.

Mit diesem Johann Birndorfer, dem späteren Bruder
Konrad, fühlte sie sich verbunden. Er war Landarbeiter

70

gewesen, Knecht auf dem elterlichen Hof in Parzham, und Marie die Dienstmagd auf den Feldern des Strasserhofes in Mosen. Unwillkürlich fiel ihr ein, daß ihrer beider Lebensweg gewisse Parallelen aufzuweisen hatte. Sie waren der gleichen Arbeit nachgegangen und hatten die gleichen Mühseligkeiten zu ertragen gehabt: sengende Hitze bei der Erntearbeit im Sommer, strenge Kälte im Winter bei Holzarbeiten im Wald; häufig mußten sie bei Regen und Wind im Freien arbeiten. Ihre Nahrung, wenig abwechslungsreich, war dem bäuerlichen Leben angepaßt, und das Nachtlager auf dem mehr oder weniger gut gefüllten Strohsack war bescheiden. Es war ohne jeglichen Komfort und diente nur der Zweckmäßigkeit, aber die müden Glieder konnten sich über die Nacht doch erholen.

So gesehen glichen sie einander, nur Hans Birndorfer war nun ein Heiliger, während sie, Marie, mäßig fromm, diesen mystischen Stand nicht im entferntesten erreichen konnte. Zur Heiligsprechung und Verehrung des Bruder Konrad waren an diesem Pfingstsonntag allerhöchste Persönlichkeiten in den Petersdom geladen. Marie war überwältigt von dem Glanz der Feierlichkeit, von der unmittelbaren Nähe des Papstes, der Kardinäle, des Klerus, der Königlichen Familie. Hohe und höchste Würdenträger von Kirche und Staat waren vertreten.

Die Krönung dieses bedeutenden Tages war die Privataudienz beim Heiligen Vater, zu der sie geladen war. Für Marie war dies ein unvergeßliches Erlebnis. Sie wurde über viele Dinge belehrt, die zu diesem Anlaß wichtig waren. So ließ sie sich in das Zeremoniell einweihen, was zu tun und zu unterlassen ist, welche Kleidung zu tragen sei, wie man gehen und sprechen solle und daß man in einem tiefen Kniefall den Fischerring des Papstes zu küssen habe.

Vorbei an der *Schweizergarde*, der Leibwache des Papstes, betrat Marie die heiligen Hallen des Vatikans. Nach Vorzeigen ihrer Legitimation wurde sie über lange, breite Gänge zu einer Tür geführt, vor der zwei Schweizergardisten Wache hielten. Die Tür wurde von ihrer Begleitung geöffnet, und sie wurde im Flüsterton gebeten, in das Vorzimmer des Audienzsaales zu treten.

Jeden, der diesen Raum betritt, erfaßt unwillkürlich die Ehrfurcht. Man spricht unwillkürlich leiser, geht gemessenen Schrittes. Mit jeder Minute des Wartens wurden ihre Hände feuchter, das Kribbeln in der Magengegend stärker, und Marie spürte, wie ihre Knie leicht zu zittern anfingen. Und dann wurde sie mit einer Handbewegung gebeten, in den Audienzsaal einzutreten. Dort stand sie plötzlich vor Papst Pius XI., neben ihm Kardinal Eugenio Pacelli, der spätere Papst Pius XII.

Marie wagte kaum aufzublicken, und ihr Kniefall, den sie hundertmal geübt hatte, fiel etwas linkisch aus. Der Heilige Vater mußte ihre Unsicherheit wohl gemerkt haben, denn er lächelte gütig und nachsichtig und sprach mit ihr, stellte Fragen. Im Nachhinein wußte sie nicht mehr den Wortlaut des Gesprächs, die Aufregung war einfach zu groß geworden. Bevor sie seinen Segen empfing, überreichte der Papst ihr ein Erinnerungsgeschenk. Aus seiner Hand erhielt sie eine Hostie aus dünnem Bienenwachs, die in einer kleinen Dose verschlossen war. Marie wird diese Kostbarkeit in hohen Ehren halten.

Erst später wurde ihr bewußt, zu welch hohen Ehren

sie damals gekommen ist. Eine Privataudienz ist auch für hochgestellte Persönlichkeiten ein Höhepunkt. Für sie, die Unbedeutende, die ledig Geborene, war es einer der Glanzpunkte ihres Lebens.

Ein regnerischer Winter ging in das Frühjahr über, und der Sommer kam mit Wärme und strahlender Sonne über das schöne Italien. Eines Morgens kam in allen Zeitungen die Nachricht, daß das Luftschiff *Graf Zeppelin* auf dem Flugplatz in Rom landen wird. Alles war in Aufregung, denn ein Luftschiff, so etwas hatte man noch nie gesehen. Das war etwas Außergewöhnliches, Unglaubliches. Im Diplomatenauto durfte Marie mit der Familie Di Montini zum Flugplatz fahren. Paola saß aufgeregt neben ihr und wollte unbedingt von ihr wissen, ob das ein wirkliches Schiff sei, so eines, wie sie es am Strand von Ostia gesehen hätte.

Mittlerweile waren sie am Flugplatz angekommen. Ein großes Polizeiaufgebot sorgte für Absperrung und Sicherheit, und die Familie Di Montini wurde auf reservierte Ehrenplätze geführt. Hochrangige Persönlichkeiten hatten sich eingefunden, darunter Regierungsvertreter mit Benito Mussolini und auch die Königliche Familie kam, mit allen Sicherheitsvorkehrungen, zu diesem seltenen Ereignis.

Noch klein wie eine Zigarre, tauchte das Luftschiff *Graf Zeppelin* am Horizont auf und kam langsam näher. Es wurde von der Sonne bestrahlt und glänzte wie Silber. Eine grandiose Erscheinung! Mit Rufen, Winken und Schreien wurde es von der Bevölkerung stürmisch begrüßt. Bevor dieser Koloß zur Landung ansetzte, blieb er noch eine kurze Weile in der Luft stehen, um so die Spannung des Ereignisses zu erhöhen. Paola schwankte zwischen Staunen und Enttäuschung, weil ja gar kein richtiges Schiff eintraf, kein solches, das im Wasser schwimmen konnte.

Der Pilot Hugo Eckener und seine Mannschaft entstiegen der Gondel und begrüßten in respektvoller Haltung die Königliche Familie. Alle jubelten vor Begeisterung, und man war sich einig, daß dieses Wunderwerk der Technik eine großartige, einmalige Leistung sei. Es ahnte niemand, daß sich bereits dunkle Wolken über Italiens Himmel zusammenzogen. Der Krieg mit Abessinien stand unmittelbar bevor.

Die Zeitungen brachten beunruhigende Nachrichten und die Menschen hatten Angst. Dann kam die Meldung: *»Mobilmachung – Krieg mit Abessinien«.*

Überall wurde die Bevölkerung aufgerufen, das Gold der Trauringe für das Vaterland zu opfern, damit man den Krieg gewinnen könne. Auch Signora Di Montini folgte pflichtbewußt diesem Aufruf. Am Grab des Unbekannten Soldaten zog sie ihren Trauring vom Finger und ließ ihn in die Urne fallen, die zu diesem Zweck aufgestellt war. Marie war, als weinte Signora Di Montini dabei, als der für sie bedeutungsvolle Reif in der dunklen Öffnung der Urne verschwand.

Als Ersatz und Trost für ihren schwergoldenen Ring, der für die Signora Di Montini nicht nur materiellen, sondern vielmehr ideellen Wert hatte, bekam sie einen anderen, einen aus Blech, überreicht, mit der bedeutungsvollen Gravur auf der Innenseite: *»Oro per la patria« – Gold für das Vaterland.* Fast ein wenig höhnisch betrachtete die

Signora dieses Stück Blech und sagte wie zu sich selbst: »Gold gab ich für ... Blech.« Diesen Ersatzring wollte Signora Di Montini selbstverständlicherweise nicht tragen. Sie schenkte ihn Marie, und er ist heute noch in ihrem Besitz.

Italien hat diesen Krieg zwar gewonnen, Abessinien aber nach einigen Jahren im Zweiten Weltkrieg schnell wieder verloren. Die Welt war in Aufruhr. Krieg in Spanien, Unruhen in ganz Europa. Und auch die Nachrichten aus Deutschland verhießen nichts Gutes. Die Menschen lebten in Angst, die politischen Ereignisse schufen Unruhe und Sorge. Der Zweite Weltkrieg bahnte sich an.

⚜ *Michael* ⚜

Marie wollte die Gefahr eines Krieges nicht erkennen. Ihre Gedanken umkreisten im Stillen Michael, den sie liebte und der ihr zu verstehen gegeben hatte, wie viel sie ihm bedeutete und daß er ihr nahe sein wollte. Er zeigte ihr die Sehenswürdigkeiten von Rom, den Vatikan und vieles, von dem sie noch nie gehört hatte. Er erzählte von der *Schweizergarde*, deren Männer in der Schweiz beheimatet waren und aus gutem, katholischem Hause kommen. Ihre zehnjährige Dienstzeit im Vatikan betrachteten sie als Ehrenaufgabe. »Wir stehen unter soldatischer Ausbildung und soldatischer Disziplin«, erzählte er ihr. »Auch wenn die Garde heute nur noch ideellen Wert hat.«

Michael war ein guter Fremdenführer mit seinem Wissen und seiner warmen, angenehmen Stimme. In langen Gesprächen erzählte er Marie in deutscher Sprache von seiner schweizerischen Heimat, seinem Elternhaus, seinen beiden Schwestern. In seinen Erzählungen spürte sie sein gelegentliches Heimweh, aber auch, daß er liebevolle Eltern hatte, die er sehr verehrte. Marie wurde immer nachdenklich, wenn von einem guten Elternhaus und einer glücklichen Kindheit gesprochen wurde.

Und immer mehr beschäftigte sie die Frage, was sie ihm sagen sollte, wenn die Frage nach ihrem Elternhaus auftauchte? Daß sie einen Stiefvater habe, der seine Nächte im Wirtshaus verbringt, der sie, Marie, zwar geduldet hatte, dem sie aber gleichgültig war? Eine Mutter, die frühzeitig durch die Last des Lebens gealtert ist, zerschunden im Tagelohn bei den Bauern und der Sorge um ihre Familie? Daß sich ihr leiblicher Vater weggestohlen hatte aus ihrem Leben und sie, den ledigen Bankert, der Mutter überlassen hatte?

»Nein, Michael, meine Herkunft gleicht nicht der deinen. Ich kam ungewollt, unehelich, von niemanden geliebt auf diese Welt, und das ist kein Ruhmesblatt.« So würde sie antworten, wenn er sie fragen würde.

An einem Sommertag, die Sonne neigte sich schon nach Westen, kam für Marie die Stunde der Wahrheit. Michael hatte sie nach ein paar wundervollen Stunden des Zusammenseins in die Via Veneto gebracht. Ganz unvermittelt stellte er die von Marie so sehr gefürchtete Frage, die einmal kommen mußte, der man nicht ausweichen konnte, und die Marie am liebsten verdrängt hätte für immer.

»Warum«, so begann Michael, »erzählst du nie etwas von deinen Eltern, von deinem Zuhause, Marie? Ich möchte wenigstens in Gedanken deine Familie kennenlernen.« Hier stand sie nun, die Frage, felsenfest, unausweichlich. Und sie mußte in ihrer klaren Form beantwortet werden. Michaels Worte trafen Marie in dieser Stunde unvorbereitet, wie ein Schlag, und doch wußte sie, daß sie Antwort geben mußte. Sollte sie ihre Herkunft, ihr Elternhaus preisgeben, auch wenn zwischen Michael und ihrer Familie Welten standen?

Sie entschied sich für die volle Wahrheit. So erzählte

sie Michael ohne Pathos und ohne jede Beschönigung ihr bisheriges Leben. Ihre Kindheit in Mosen als »Ledige«, als Dienstmagd, die schweren Jahre auf dem Strasserhof, an den sie nur mit Unbehagen dachte. Ihr häufig betrunkener Stiefvater und ihre geschundene Mutter kamen ebenso zur Sprache wie das armselige Leben in dem kleinen Haus am Dorfrand. Vom Weg in die Fremde, vom Fernweh, vom Heimweh, aber auch von der glücklichen Zeit in der Via Veneto erzählte Marie, und von dem Tag, an dem sie ihm, Michael, das erste Mal begegnet ist.

»Das Wort ›unehelich‹«, so sagte sie, »hat für mich eine schwerwiegende Bedeutung. Es belastet mich Zeit meines Lebens. Kannst du das verstehen?« Marie spürte, wie ihr plötzlich Tränen über die Wangen liefen und wie die Angst vor der kommenden Antwort wuchs.

Es folgte eine lange Stille zwischen den beiden. Marie empfand sie als bedrückend, als belastend. Aber statt einer Antwort nahm Michael sie in seine Arme, ganz sacht strich er leise über ihr Haar. Seine Augen waren den ihren so nah, seine Hände so warm und gut, und Marie fühlte sich in diesem Augenblick so unendlich geborgen, so, als hätte sie das gefunden, wonach sie immer gesucht, wonach sie sich immer gesehnt hatte. Hier gab es kein Fernweh, keine Sehnsucht, hier war das Zuhause, der ruhende Pol.

Marie wußte nicht, wieviel Zeit verging, sie war nur glücklich und sie wünschte, daß diese Stunde nie enden möge. Irgendwann hörte sie Michael sagen: »Arme Marie, welche Sorgen, welcher Kummer um ein Wort, das doch so bedeutungslos ist. Ledig oder nicht, wo ist hier der Unterschied zwischen den Menschen? Laß doch die Vergangenheit ruhen, Marie, vergiß die Dinge, die dich belasten und beunruhigen.«

Marie atmete tief, bevor sie antwortete: »Ich möchte so gerne vergessen, wenn ich es nur könnte.«

Michael nahm ihre beiden Hände, hielt sie ganz fest und sagte in bestimmtem Ton: »Einmal, nach meiner Dienstzeit, werde ich den Vatikan verlassen, auch wenn das noch Jahre dauern wird. Dann werde ich dir eine wichtige Frage stellen. Nicht jetzt, nicht heute, erst dann … Wirst du solange Geduld haben?«

Marie wischte sich die Tränen vom Gesicht und antwortete leise: »Was sind Jahre, Michael? Ich werde auf dich warten, solange es auch dauern mag.« Plötzlich spürte sie Michaels Lippen auf ihrer Stirn, behutsam, sacht, zurückhaltend.

In diesem kurzen, glücklichen Augenblick glaubte Marie, den Beginn eines anderen, neuen Lebens zu erkennen, in einer wundersamen Zweisamkeit mit Michael. Die Sonne war bereits im Westen untergegangen, als sich die zwei voneinander verabschiedeten. Beide wußten in diesem Augenblick nicht, daß es an diesem Tag trotz der glücklichen Stunde ein Abschied für immer war. Ein letztes, endgültiges »Lebewohl«.

Die politischen Wirren, der Zweite Weltkrieg und andere widrige Umstände zerschlugen, was so wunderbar und hoffnungsvoll begonnen hatte. Marie wurde als Ausländerin, die in einer diplomatischen Familie gearbeitet hatte, nach Deutschland ausgewiesen. »Es war«, so sagte sie später, »als ob mich mit Michael auch mein Lebensglück verlassen hätte; denn nun kamen sehr schwere Zeiten auf mich zu.«

Für Marie hieß es nun Abschied nehmen von einem Lebensabschnitt, der zu ihren besten gehörte. Abschied von Rom, von der Via Veneto, von ihrer kleinen Paola und von Michael, der ihr seine Liebe versichert hatte, für die es aber keine Zukunft geben konnte. Sie hat Michael immer in ihrem Herzen behalten. Er hatte es verstanden, sie von ihrer Unruhe, dem Fernweh zu befreien. Er hatte ihr für ein wunderbares Jahr Geborgenheit und Zuneigung gegeben, ein seelisches Zuhause, das ihr so sehr fehlte.

Es war keine Liebe im üblichen Sinn, noch nicht, sondern eine vertraute Zweisamkeit, eine seelische Verbundenheit, anspruchslos, nicht besitzergreifend. Aber es war die Wurzel für eine Liebe, die ihr sehr viel gab, die sie sehr glücklich machte.

Nun mußte sie zurück nach Mosen, in eine ungewisse Zukunft. Beim Grenzübertritt nach Österreich, nachdem sie Italien endgültig verlassen hatte, liefen ihr Tränen über die Wangen. Traurig sah sie noch einmal zurück auf dieses Land, auf die Lebensjahre, die ihre glücklichsten waren und die sie immer in herzlicher Erinnerung behalten hat. *»Arrivederci, bella Italia«*, sagte sie noch einmal ganz leise.

Ein kurzes Zwischenspiel

Marie war nun wieder in Mosen. Therese, ihre Mutter, sah noch dünner und verhärmter aus, und der Kramer-Sepp ging nach wie vor mit seiner Krax'n an keinem Wirtshaus vorbei, ohne einzukehren. Die Brüder Hans, Georg und Alois hatten ihren Wehrdienst abgeleistet, und Josef, der jüngste, war nun auch an der Reihe.

Marie suchte Arbeit. Eines Morgens las sie in der Tageszeitung ein Inserat, daß für ein Einzelkind eine Kinderpflegerin gesucht werde. Glücklich über die Aussicht, wieder in ihrem Beruf arbeiten zu können, meldete sie sich sofort bei der angegebenen Adresse in Ingolstadt.

Ein reiner Glücksfall, so glaubte sie, doch da irrte sie sich. Ein schwerstbehindertes Kind war zu versorgen, das an einer ererbten Epilepsie litt und Tag und Nacht betreut werden mußte. Häufig wurde es von schweren epileptischen Anfällen heimgesucht und war in solchen Phasen dem Erstickungstod nahe. Beide Eltern, ganz besonders der Vater, hingen abgöttisch an ihrem einzigen Kind, das eine schwere und unsichere Zukunft vor sich hatte.

Es mußte alles getan werden, um dieses Kind vor der Öffentlichkeit zu verbergen. Niemand sollte das kleine Mädchen zu Gesicht bekommen, denn das Dritte Reich konnte Menschen mit solchen Erbanlagen nicht gebrauchen. Hinzu kam noch, daß der Vater ein hoher Parteifunktionär und Blutordensträger war, ein Parteigenosse der ersten Stunde also. Aber dies hinderte den Vater nicht, sein krankes Kind mit aller Liebe und Sorge zu umgeben, um es vor den bestehenden Gesetzen des Dritten Reiches zu schützen. Marie hatte großen Respekt vor diesem Mann, der aus Liebe zu seinem Kind ein hohes Risiko einging.

Sein Rang als hoher Parteifunktionär brachte es mit sich, daß im Haus dieser Familie häufig Einladungen stattfanden, bei denen die Gefahr bestand, daß die kleine Monika von Fremden gesehen wurde. So wurden Marie und die Kleine in das familieneigene Landhaus gebracht, das idyllisch in einer wunderschönen Lage am Rande des Bayerischen Waldes lag. Hier war für alles gesorgt, eine Köchin und eine Hausangestellte, die ebenfalls zum Stillschweigen verpflichtet waren, sorgten für das leibliche Wohl.

In diesem Landhaus, so schien es, traten die Anfälle nicht mehr so häufig und in leichterer Form auf, so daß sich das Kind körperlich etwas erholen konnte. Aber nach jedem Anfall, bei dem Schaum vor den Mund trat, der ganze Körper zitterte und der Erstickungstod drohte, flüchtete Monika in Maries Arme. Der Sprache unfähig, bedeutete sie ihr mit ihren großen braunen Augen, daß sie sie in ihrer grenzenlosen Not nicht allein lassen sollte.

Die politischen Verhältnisse spitzten sich zu, und plötzlich hieß es: Monika wird außer Landes gebracht. Ein Grund dafür wurde nicht genannt, aber vermutlich war die eigene Heimat für dieses behinderte, unglückliche Kind nicht mehr sicher genug.

In dieser Zeit wurden in Deutschland examinierte Krankenschwestern gesucht und ihre Ausbildung gefördert. Marie erkundigte sich an maßgeblicher Stelle nach den Bedingungen. Dort hieß es, durch ihren langjährigen Auslandsaufenthalt sei anzunehmen, daß sie in politischen Fragen ohne Kenntnisse sei. Aus diesem Grund müsse sie erst einmal einen Kursus für politische Schulung in München-Solln absolvieren, um die Grundsätze des nationalsozialistischen Regimes kennenzulernen, und erst dann könne sie sich für die Ausbildung als Krankenschwester bewerben.

Zähneknirschend begab sie sich nach München und hörte sich die langweiligen Vorträge von der Größe des *Tausendjährigen Reiches* und seiner Ziele an. Mit dem Nachweis über der Teilnahme an dieser Schulung konnte sie nun ihre Bewerbung einreichen.

Doch nun tauchte ein neues Hindernis auf. Sie mußte ebenfalls belegen können, daß sie, wenn schon nicht Parteimitglied, so doch Mitglied einer der Partei angegliederten Organisation wäre, in ihrem Fall der Nationalsozialistischen Volkswohlfahrt, nur dann hätte ihre Bewerbung Aussicht auf Erfolg.

Nun mußte sie, was blieb ihr anderes übrig, auch noch diese Hürde nehmen. Schließlich konnte sie im Glauben, alle Forderungen erfüllt zu haben, ihre Bewerbung einreichen. Eine Bekannte hatte sie noch belehrt: »Du mußt statt mit *»hochachtend«* mit *»deutschem Gruß«* unterzeichnen, sonst darfst du deine Bewerbung vergessen.« Das tat sie denn auch und malte groß und deutlich diese Schlußformel unter ihre Bewerbung, obwohl ihr *»hochachtend«* sehr viel besser gefallen hätte. Doch ihre

Meinung war hier nicht gefragt – das erfuhr sie später noch oft.

Nun war sie politisch geschult, war Mitglied der NSV. Soweit hatte sie alle Forderungen erfüllt; davon war sie überzeugt, daran glaubte sie. Doch was damals in den Köpfen der Menschen vorging, war schwer zu verstehen. Nach einer Woche kam ihre Bewerbung zurück, mit dem Vermerk *»abgelehnt«*. Die Begründung: *»Ein Deutscher unterzeichnet mit ›Heil Hitler‹ und nicht, wie Sie es tun, ›mit deutschem Gruß‹.«* So sei die Grußformel banal, nichtssagend. Der deutsche Gruß sei, falls sie nicht genügend informiert sein sollte: »Heil Hitler«. Unterzeichnet war der Bescheid mit »Schwester Irene B.«

Es war zum Verzweifeln; welche Auflagen würden denn noch kommen? Viel später sah Marie das alles mit anderen Augen. Sie erkannte dann, daß man unter allen Umständen und mit Gewalt nichts erzwingen sollte. Viele Probleme, die unlösbar scheinen, ergeben sich von selbst. Sie hatte sich in die Idee verrannt, Krankenschwester zu werden, und hat sich mit allen Forderungen einverstanden erklärt, um das verwirklichen zu können, was ihr vorschwebte. Es wäre viel besser gewesen, hätte sie den Dingen ihren Lauf gelassen, wodurch ihr bittere Jahre ihres Lebens erspart geblieben wären.

Marie war nahe daran, zu resignieren, da erfuhr sie, daß für Schwester Irene B., die tausendprozentige Parteigenossin, eine andere Verwendung gefunden worden war. Ihre Nachfolgerin schien logischer, menschlicher zu denken und befürwortete Maries Bewerbung auch ohne *»Heil Hitler«*.

Nun war der Weg frei für die wohl schwersten Jahre ihres Lebens. Die Ausbildungszeit verlief noch relativ glücklich. Die Schulung in Aalen war streng, sowohl im Praktischen als auch in der Theorie. Viel Platz wurde der Vererbungslehre und den Rassengesetzen eingeräumt, aber auch die politische Bildung stand obenan, und die Lehre der Partei sowie deren Ziele wurden in langen Vorträgen eingehend erläutert. Statt eines Tischgebets wurde ein Kapitel aus Hitlers Buch *Mein Kampf* vorgelesen, was die einen aufmerksam verfolgten, die anderen desinteressiert über sich ergehen ließen.

Im Laufe der Zeit hatten sich bei den Schülerinnen zwei Gruppen gebildet: die einen, die schon frühzeitig durch den BDM politisch geprägt worden waren, und die andere Gruppe, wenig interessiert an der Partei, ihrer Politik und deren Führung. Die bessere Benotung im politischen Wissen hatten eindeutig die Mädchen der ersten Gruppen, die auch in der Gesamtbenotung besser dran waren. Die Parteifunktionäre mit ihren ermüdenden Vorträgen, mit ihren Rang- und parteiinternen Abzeichen auf Brust und Schultern, die zu erkennen auf dem Lehrplan stand, verfolgten Marie in ihre Träume. Sie hatte Sehnsucht nach Michael, nach seiner Nähe, seiner Stimme und nach der Sonne Italiens, die ihr besonders an kalten und regnerischen Tagen so sehr fehlte.

⚜ *Krieg!* ⚜

Immer lauter wurde die Frage: *Gibt es Krieg?* Die endlosen Debatten zwischen den Staatsmännern ließen die
Menschen ängstlich und unruhig werden. Die Zeichen
standen auf Sturm, und es war, als hielten die Menschen
den Atem an. Das große Nordlicht, das eines Abends am
Himmel erschien, blutrot und gefährlich, drohend wie ein
riesiger Brand, löste lähmendes Entsetzen aus. Die Leute
begaben sich in die Kirchen, bittend, betend, Gott möge
das bevorstehende Unheil von ihnen abwenden. Diese
furchterregende Himmelserscheinung, so sagten die älte-
ren Menschen, sei ein böses Omen und zeige eine Katastrophe großen Ausmaßes an.

In Mosen war das Haus am Dorfrand fast leer geworden.
Hans, Georg und Alois, die drei ältesten Kramer-Söhne,
hatten inzwischen eigene Familien gegründet und waren
von Beginn des Krieges an in Fronteinsatz. Auch für
Josef, den jüngsten, kam der Stellungsbefehl. Mutter
Therese war in ständiger Sorge um ihre vier Söhne, seit
sie wußte, daß sie alle in vorderster Front eingesetzt
waren. »Jetzt hilft bloß noch beten«, war ihr Ausspruch.
    Auch für den Kramer-Sepp brachte der Krieg Verän-
derungen. Seine Krax'n, mit der er seit jeher seinen Lebensunterhalt verdient hatte, hing verwaist im Schuppen.

Sie war nicht mehr gefragt, denn Lebensmittel waren rationiert und mußten unter strenger Kontrolle abgeliefert werden. Auch die Wirtshäuser hatten für den Sepp ihre Anziehungskraft verloren, weil nur noch Dünnbier ausgeschenkt wurde, das er nicht ausstehen konnte. Er schimpfte über Gott und die Welt, über das Dritte Reich und seine Bonzen und über Hitler, den Ersatzreservisten, dem man diesen Krieg zu verdanken habe. Und daß das Bier, dieser Plempel, eine Schande sei, eine Zumutung für jeden anständigen Bayern, das sei gewiß. So grantelte er tagsüber, war mißmutig und verdrossen gegen alle und jeden und am meisten gegen sich selbst. Nach solchen Ausbrüchen meinte Therese immer beschwichtigend: »Geh', Vater, schimpf net immer. Du weißt, die Wänd' hab'n Ohren, leicht könnt' sein, daß dich jemand Unrechter hört und des is' g'fährlich heutzutag.« Und nach einem tiefen Seufzer: »Wenn bloß unsere Buben wieder heimkommen.«

Gelegentlich ging der Kramer-Sepp zu den Bauern in Taglohn, um die Ration der Lebensmittelkarten etwas aufzubessern und ein paar Mark für das Notwendigste zu verdienen. Das Leben im Haus am Dorfrand war nach wie vor geprägt von Bescheidenheit und Mühe, vom Kampf und das tägliche Brot – und seit Kriegsbeginn von der Sorge um das Leben der vier Söhne.

Der Krieg hatte sich nach Westen, nach Frankreich, Belgien, den Niederlanden ausgeweitet. Immer mehr junge Männer wurden zu den Waffen geholt. Die Sorgen der Frauen und Mütter wurden immer größer, der Alltag immer bedrückender.

Als examinierte Krankenschwester wurde Marie in einem Lazarett eingesetzt. Sie versorgte die Verwundeten, legte Verbände an, gab Injektionen und begleitete sterbende Soldaten auf ihrem letzten Lebensweg. Es war das Jahr 1940. In ihrer Kluft der NSV-Schwestern wurden sie »blaue Dragoner« genannt, teils spöttisch, teils anerkennend, je nach Eigenart und Laune. Sie unterstanden dem Oberfeldarzt Doktor Wagner, dem Chef des Lazarettes, und dem Stabsarzt Doktor Brückner, seinem Stellvertreter. Assistenzärzte und Sanitäter vervollständigten die Belegschaft.

Doktor Wagner, korrekt und eher schweigsam, schonte niemanden, am wenigstens sich selbst. Nach oft stundenlanger Arbeit im OP kümmerte er sich anschließend um jeden seiner verwundeten Soldaten, gab Anordnungen und wollte von jeder Veränderung des Gesundheitszustandes seiner Patienten unterrichtet werden. Seine Anweisungen waren knapp und präzise, dasselbe erwartete er auch von seinen Untergebenen.

Marie hatte großen Respekt vor diesem Mann, der sich um jeden Verwundeten sorgte, als wären es seine eigenen Familienangehörigen. Ein treffender Ausspruch eines Sanitäters blieb ihr bis ins hohe Alter in Erinnerung: »Der Oberfeldarzt kümmert sich um jeden Landser, als sei dieser der Kaiser von China.«

Die Arbeit wurde immer mehr, sie war kaum noch zu bewältigen. Hilfsschwestern wurden zur Unterstützung angefordert, aber die waren infolge ihrer kurzen Ausbildung von der Situation überfordert. Diese jungen Frauen wurden plötzlich und mit geringen Kenntnissen vor eine Aufgabe gestellt, die sie kaum bewältigen konnten. Sie waren der ungeheuren Belastung nicht gewachsen und einige von ihnen verließen das Lazarett.

Daß diese jungen Damen ihren Dienst mit ganz anderen Erwartungen antraten, zeigte sich schon bei ihrem Eintritt. Gutgelaunt und lachend, die Schwesternhaube kokett nach hinten gesetzt, wie das Tüpferl auf dem i, das dauergewellte Haar ins Gesicht frisiert, so präsentierten sie sich bei der Vorstellung dem Chef, Oberfeldarzt Doktor Wagner, in freudiger Erwartung. Sie konnten einem leid tun, diese jungen Mädchen, in ihrer Unbekümmertheit, die keine Ahnung hatten, wieviel Leid sie hier zu sehen bekommen sollten.

Doktor Wagner sah diese Hilfsschwestern für einen Augenblick wortlos an, dann zog er seine Stirn in Falten, wie er es immer tat, wenn er nachdenklich oder verärgert war, und sagte in ungehaltenem Ton: »Ich habe den Eindruck, meine Damen, Sie wissen nicht, welche Aufgabe auf Sie wartet und wo Sie sich befinden. Hier ist keine Modenschau, hier ist ein Lazarett; hier werden harte Anforderungen an Sie gestellt«, und mit deutlich lauter werdender Stimme: »Ich brauche Krankenschwestern, keine Modedamen. Bringen sie ihre Schwesternhaube so an, daß sie dem Zweck dient. Ich sehe sie in einer Stunde wieder.«

Einen solchen Ton hatte Marie von Doktor Wagner schon lange nicht mehr gehört. Aber die kokette Aufmachung der neuen Hilfsschwestern ließ ihn unmutig werden, in Anbetracht des vielen Leidens in diesem Haus.

Nach einigen Wochen waren diese Hilfsschwestern keine fröhlichen, lachenden Mädchen mehr. Der Schrecken des

Krieges hatte sie schnell geprägt, die blutenden, verstüm-
melten und sterbenden jungen Männer. Wie oft hieß es im
OP »Exitus«, und Doktor Wagner legte das Skalpell aus
der Hand, so, als hätte er eine Schlacht verloren. Die
Schwestern arbeiteten oft bis in die Nacht hinein. Und
nach so schweren Tagen verspürten sie erst in der Ruhe,
wie müde und hungrig sie waren. Marie hatte sich, weiß
Gott, einer schweren Aufgabe gestellt, die sie nun zu erfüllen hatte; wie lange, wußte niemand.

Der Frühling meldete sich. Es kamen Tage voller Natur-
schönheit, deren Pracht sie meist nur durch die Fenster
des Lazaretts zu sehen bekam. Marie freute sich darüber,
wenn man hier in dieser tristen Umgebung ein paar Blumen im Freien entdeckte oder einen Vogel singen hörte.
Sie war bescheiden und dankbar geworden. Wenn die Arbeit ihr eine ruhige Stunde ließ, dann gingen ihre Gedanken zurück nach Rom, in die Via Veneto, zu Paola, ihrem
kleinen Schützling, und sie sah Michael, der ihr so viel
bedeutet hatte, nach dem sie sich so sehr sehnte. Ihre Gedanken umkreisten auch das kleine Haus in Mosen, waren
bei Mutter, die sich um ihre Söhne sorgte und ängstigte,
die nur hoffen und beten konnte, daß sie alle gesund
heimkehren möchten.

Ihr kleiner Bruder Josef, dem sie so zugetan war, der
so fröhlich lachen konnte, der keine schlechte Laune
kannte, wie wird es ihm ergehen, überlegte Marie. Nach
einer langen, schweren Nacht war sie müde und erschöpft
auf dem Weg zu den Schlafräumen. Da winkte ihr Robert,
der Sanitätsgefreite, mit einem Brief zu: »Post für Sie,
Schwester Marie, hoffentlich sind es gute Nachrichten.«

Es war ein Brief von zu Hause, in Mutters ungelenker Schrift geschrieben. Marie freute sich über dieses Lebenszeichen von daheim, denn diese Nachrichten waren recht selten geworden. Sie öffnete und las: *»Liebe Marie! Leider muß ich Dir mitteilen, daß unser Josef in Flandern gefallen ist. Vater und ich sind in tiefer Trauer. Gruß Mutter.«*

Marie las das Geschriebene immer wieder, weil sie seinen Sinn nicht verstand, nicht verstehen wollte. Wie konnten ein paar wenige Zeilen so schicksalsträchtig sein. Ihr lieber kleiner Bruder ist tot. Gefallen irgendwo in Flandern.

Noch angespannt und belastet von einer schweren Nacht, rebellierten ihre Nerven. Sie spürte, wie sich plötzlich alles drehte. Es war, als fiele sie in ein tiefes Loch – dann war es dunkel. Irgendwann bemerkte sie, daß sie auf einem Feldbett lag, und schemenhaft sah sie Robert, der ihr ein nasses Tuch auf die Stirn legte. Schließlich hörte sie die beruhigende Stimme von Doktor Wagner: »Ich habe mir erlaubt, den Brief zu lesen, der ihnen aus der Hand fiel. – Wenn man auch noch so sehr mit dem Sterben anderer konfrontiert wird, der Tod eines Angehörigen ist anders, er ist schmerzlicher und er geht in die Tiefe. Ruhen Sie sich aus, und fahren Sie morgen für ein paar Tage nach Hause.«

Jetzt hatte die Wirklichkeit sie wieder, und damit kam auch die Trauer. Nun schämte sie sich, daß sie so viel Schwäche gezeigt hatte, daß sie ihre Gefühle nicht unter Kontrolle halten konnte. Entschuldigend sagte sie zu Doktor Wagner: »Verzeihen sie mir, Herr Oberarzt, ich war undiszipliniert. Es wird nicht wieder vorkommen. Aber mein kleiner Bruder hat mir so viel bedeutet, es ist für mich ein schwerer Verlust.«

Beruhigend, wie zu einem Patienten, antwortete er: »Wir sind alle nur Menschen, und eine kleine Schwäche dürfen auch wir uns erlauben. Fahren Sie nach Hause, dort dürfen sie auch weinen, ohne ein schlechtes Gewissen haben zu müssen.«

Mit dem Urlaubsschein und den nötigen Lebensmittelmarken fuhr Marie heim nach Mosen, um ein paar Tage auszuruhen und an der Trauerfeier für den Gefallenen teilzunehmen.

Das Jahr 1941: Der Krieg mit Rußland bahnt sich an. Die Menschen auf beiden Seiten können nicht ahnen, welch furchtbares Unheil auf sie zukommt. Bald werden verwundete Soldaten von der Ostfront auch in das Lazarett verlegt, in dem Marie ihre Dienste tut. Und so rücken sie eben noch näher zusammen. Die beiden Sanitäter, Karle und Robert, Medizinstudenten im vierten Semester, beide zweiundzwanzig Jahre alt, unterstützen Marie in allem tatkräftig und sind für Doktor Wagner eine zuverlässige Hilfe. Diese beiden jungen Männer hat Marie in allerbester Erinnerung behalten. Immer höflich und freundlich erfüllten sie ihre Aufgabe mit äußerster Disziplin und großem Können.

Dann kommt der Winter 1941/1942, dessen sibirische Kälte allen – und besonders den Soldaten in Rußland – in trauriger Erinnerung geblieben ist. Neben den Verwundungen sind es vor allem erfrorene Gliedmaßen, die die Menschen in dem Operationssaal nicht mehr zur Ruhe kommen lassen. Karle und Robert sind unermüdlich im Einsatz, um zu helfen, wo es noch etwas zu helfen gibt.

Dann kommt ein schwarzer Tag für die Belegschaft. Die beiden Sanitäter werden ihnen weggenommen und zum Einsatz nach Rußland geschickt. Alle sind sehr traurig, als sie sich im Lazarett verabschieden. Nun müssen die Zurückgebliebenen zusehen, wie sie ohne diese beiden auskommen.

»Wie wird das weitergehen, ohne sie?« meinte Doktor Wagner. Einige Assistenzärzte wurden ebenfalls an die Front abkommandiert, dafür kamen andere an ihre Stelle. Ein Wiedersehen gab es für Marie mit keinem von ihnen. Auch Karle und Robert kehrten nicht mehr aus Rußland zurück. Karle fiel auf der Krim, Robert bei Charkow. Zwei junge, hoffnungsvolle Männer waren tot, in Ausübung ihrer Pflicht gestorben.

Immer mehr drängten die Verwundeten der Ostfront herein, immer schwieriger wurde die Arbeit, immer beschwerlicher das Leben. Da waren Schwerverwundete, die nach Hilfe riefen. Andere ertrugen ihr Schicksal stumm, mit traurigen Augen.

Oft hieß es: »Schwester Marie, bitte schreiben sie an meine Mutter, an meine Frau, an meine Freundin.« In vielen Nächten schrieb sie Briefe an Mütter und Ehefrauen, Liebesbriefe an Bräute und Freundinnen. Für viele dieser Schwerverwundeten war dies ein letzter Liebesdienst. Wenn es irgendwie möglich war, holte Marie für die Sterbenden geistlichen Beistand. Nur wenige lehnten die priesterliche Begleitung in eine andere Welt ab, weil sie weder an Gott noch an ein Weiterleben glaubten.

Die Nachrichten von der Ostfront wurden immer bedrückender. Stalingrad war im traurigen Gespräch; die 6. Armee war dort eingeschlossen.

Nach langer Zeit kam wieder ein Brief von daheim, den Marie mit klopfendem Herzen öffnete. Mutters Schrift, schon immer schlecht lesbar, wirkte noch zittriger als sonst, als sie mitteilte: *»Nach Josef sind nun auch Alois und Hans gefallen, Hans vor Moskau und Alois in Stalingrad. Georg liegt schwerverwundet in einem Lazarett und kämpft um sein Leben, sein Schicksal ist ungewiß. Ich kann nur noch weinen.«* Mutter Therese hatte nun drei ihrer Söhne verloren, für die sie jeden Tag um eine glückliche Heimkehr gebetet hatte.

Die russische Front rückte immer näher. Die Straßen waren voll von Flüchtlingen, die mit ihrer restlichen Habe vor den russischen Soldaten geflohen waren. Lebensmittel wurden mit jeder Woche knapper, das Leben immer armseliger. Aber Parteifunktionäre hielten die Ordnung in der Heimat mit festen Händen aufrecht. Ein unbedachtes Wort konnte den Weg ins Konzentrationslager bedeuten, von wo viele nicht mehr heimkehrten.

❧ *Lazarettalltag* ❧

Wieder wurden Verwundete in das Lazarett gebracht, die – wie man sehen konnte – Furchtbares erlebt hatten. Darunter war auch Stefan, ein Obergefreiter, der mehr tot als lebendig auf der Bahre lag. Querschnittsgelähmt, mit unzähligen Knochenbrüchen, notdürftig versorgt, ein armseliges Häufchen Mensch.

Stefan konnte sich mit seinem Schicksal nicht abfinden, er tobte und schrie. Er beschimpfte Doktor Wagner, der ihn aus lauter Boshaftigkeit nicht verrecken ließe, der sein Martyrium nur verlängern wolle und der sich schleichen solle. Als ihn ein Sanitäter zurechtwies, daß es nicht anginge, daß er den Herrn Oberfeldarzt so beschimpfe, da schrie er: »Das ist mir wurscht, wer das ist, ich will sterben, sterben, und sonst nichts!«

Maries tröstende Worte nahm Stefan nicht zur Kenntnis, im Gegenteil, immer mehr schrie er: »Laßt mich endlich verrecken!«

Irgendwann ging trotz allen Mitgefühls und aller Tragik auch Maries Geduld zu Ende, und sie erklärte ihm: »Sie möchten sterben? Das könnte Ihnen so passen. So einen Rabauken wie Sie mag der Liebe Gott nicht. Deshalb werden wir Sie mit allen Mitteln wieder aufpäppeln und Sie gesundpflegen. Grad extra, weil Sie so gern sterben möchten!« Das machte Eindruck auf den

Verwundeten, und von da an fügte er sich in sein Geschick.

Schmerzstillende Mittel halfen dabei. Doktor Wagner kontrollierte jeden Tag Stefans gelähmte Beine, die als bewegungs- und gefühlloses Anhängsel am Körper hingen. Doch eines Tages geschah das Wunder, an das niemand mehr geglaubt hatte. Eine Zehe bewegte sich!

Stefan wird eines Tages wieder gehen können. Sein Wunsch, zu sterben, ging nicht in Erfüllung. Dieser kleine, aber bedeutungsvolle Fortschritt gab ihm Auftrieb. Er sprach nicht mehr vom Sterben, er wandte sich mehr und mehr dem Leben zu und bemühte sich, seine Beine wieder benutzen zu können.

Eines Tages war er sogar bereit, eine Bitte an Marie auszusprechen: »Würden sie einen Brief an meine Mutter schreiben?«

»Das tue ich gerne«, antwortete sie.

»Schreiben Sie nicht«, so bat er, »wie unmöglich ich mich benommen habe, wie schwer Sie es mit mir hatten. Mutter würde das nicht verstehen. Aber ich war halt so verzweifelt. Als ich in Rußland im Dreck lag und aufstehen wollte, da merkte ich, daß meine Beine tot waren und mir nicht mehr gehorchten. In diesen Minuten war ich dem Wahnsinn nahe. Und dann wollte ich sterben, das war mein einziger Gedanke und der war tröstlich. Russische Soldaten liefen über mich hinweg; später waren es deutsche Infanteristen, die über meine Beine trampelten. Ratternde Geschütze und das Schreien hilfloser Verwundeter hörte ich nur wie von weitem, meine Sinne waren wie gelähmt. Lebte ich noch, oder war ich schon tot? Dann fand man mich. War es nach Stunden oder Tagen? Ich weiß es nicht.«

Stefans erschütternde Erlebnisse beeindruckten Marie tief. Nun konnte sie auch sein Verhalten zu Beginn des Lazarettaufenthaltes verstehen, seinen Ärger über die Menschen, die ihn in dieses elende Leben zurückholen wollten, dem er fast schon entronnen war.

Es entstand eine lange Pause. Jeder hing seinen Gedanken nach, jeder auf seine Weise. Stefans jugendliches Gesicht war von tiefem Ernst überschattet, das Erlebte hatte ihn geprägt. »Wollen wir schreiben?« unterbrach Marie die Stille. »Ja, Schwester Marie, bitte.«

Stefan diktierte und Marie schrieb. Es muß wohl eine starke Bindung zwischen Mutter und Sohn bestanden haben, denn die Worte, die an seine Mutter gerichtet waren, waren voll Wärme und Zuneigung, sagten nichts von dem Furchtbaren, das er erlebt hatte, und das Heimweh und die Sehnsucht nach ihr waren zwischen den Zeilen zu lesen. Es war ein kurzer Brief, der sehr viel aussagte.

Dann stand plötzlich eines Morgens, aus Österreich kommend, seine Mutter vor ihm. Wie sie eine solche Reise in dieser unruhigen Zeit schaffte, das war allen ein Rätsel. Stumm sahen sich beide an. Stefans Augen leuchteten, und dann sah ihn Marie das erste Mal weinen. Die Mutter strich ihm sanft über das Haar und sagte: »Gott sei Dank, Bub, daß du noch lebst. Ich hab solche Angst um dich g'habt. Manchmal in der Nacht, da war mir, als ob du nach mir g'rufen hättest, und dann war ich immer hellwach. Schlafen hab' ich dann nimmer können, aber gebetet hab' ich für dich.«

Nach diesen Worten entnahm sie ihrer Tasche einen kleinen Laib selbstgebackenes Brot, knusprig und ohne

Kleie zubereitet. Mehr konnte sie nicht geben, und das Wenige, das sie gab, war vom Munde abgespart. Zum Abschied reichte Stefans Mutter Marie die Hand und sagte: »Vergelt's Gott, Schwester, für alles, was Sie meinem Buben getan haben. Ich bin so glücklich, daß er noch lebt. Zwei hab ich eh schon verloren in dem Krieg. Den dritten auch noch hergeben müssen, das hätt' ich nimmer verkraftet.«

Es wurde Herbst. Kalte Winde wehten von Norden her, und die Sonne war ein seltener Gast geworden. Die große Blutbuche vor den Fenstern des Lazaretts, deren sommerliche Schönheit so tröstend sein konnte, ließ ganz allmählich ihr Blätterkleid fallen, jeden Tag ein wenig mehr, um sich auf die Winterruhe vorzubereiten. Das Schweigen der Natur legte sich deprimierend auf das Gemüt der Menschen, besonders der Kranken, und jeglicher Heilungsprozeß verzögerte sich. In diesem Haus wurde das besonders deutlich. Die triste Jahreszeit machte auch Marie immer zu schaffen. Ihr fehlte die südliche Sonne, sie hatte Heimweh nach Rom, nach der Via Veneto. Und sie sehnte sich nach Michael, dem nach all den Jahren immer noch ihre große Liebe gehörte, für die es keine Erfüllung gab, die sie aber tief in ihrem Herzen trug.

Das Leben ging weiter, in dieser trostlosen, hoffnungslosen Zeit. Für Karle und Robert kamen zwei andere Sanitäter. Hans, ein Norddeutscher, war lang, dürr und schweigsam, und Walter, eine Rheinländer-Natur, etwas korpulent und immer gut gelaunt. Beide liebenswerte junge Männer, jeder auf seine Art angenehm.

Eines Abends gab es Aufregung auf der Station. Hans kam mit langen Schritten, die Haare in der Stirn und mit beiden Händen gestikulierend, auf Marie zugelaufen. Was er ihr zu sagen hatte, mußte wohl von allergrößter Wichtigkeit sein, obwohl sie kein Wort davon verstand, was er ihr in seinem norddeutschen Dialekt berichtete.

»Nun einmal langsam, der Reihe nach«, sagte Marie. »Was ist passiert?«

»Kommen Sie, kommen Sie!« stotterte er. »Ich bin total überfordert.« Kaum, daß Marie seinen langen Schritten folgen konnte, lief sie mit ihm bis zur Eingangstüre, auf deren Treppenabsatz sich eine junge Frau in Geburtswehen wand. Eine Russin war es, die auf der Straße von den Wehen überrascht worden war und die hilfesuchend in das Lazarett kam.

Hans, sonst ein guter und tatkräftiger Sanitäter, war hier wirklich überfordert. Mit Schweißperlen auf der Stirn meinte er: »Ich bin hier am falschen Platz, Schwester Marie. Mit Frauen, speziell in dieser Lage, habe ich keine Erfahrung.« Seine Schritte waren noch länger als sonst, als er sich verzog.

Marie gab der jungen Frau zu verstehen, daß sie sich auf das Feldbett legen solle und daß sie keine Angst haben müsse. Sie würde ihr helfen. Die dunklen Augen der Russin waren ängstlich und hilfesuchend auf Marie gerichtet. Die Frau konnte nicht wissen, daß Maries Kenntnisse in Geburtshilfe nicht sehr groß waren.

Dann kam der Augenblick, in dem Marie junges, neues Leben in Händen hielt. Sie betrachtete es lange, bevor sie dieses nasse, schreiende Bündel der Mutter übergab. Neues Leben, während hier so häufig der Tod umging.

Der Schrei dieses kleinen Mädchens mobilisierte alle in diesem Haus. Er war verheißungsvoll, er dokumentierte, daß es noch Leben und Zukunft gab, nicht nur Hoffnungslosigkeit, Verwundung und Tod.

Man schrieb das Jahr 1944. Der Krieg nahm immer schrecklichere Formen an. Aus allen Himmelsrichtungen war Deutschland eingekreist. Engländer und Amerikaner bombardierten in der Dunkelheit die deutschen Städte, so daß die Luftschutzkeller zum nächtlichen Aufenthaltsort der Bevölkerung wurden. Die Schwerverwundeten wurden zu ihrer Sicherheit in den Keller gebracht, wo sie nun Tag und Nacht verblieben. So ersparte man ihnen und ihren Betreuern den häufigen Transport in die Luftschutzräume. Ebenso wurde der Operationssaal in den Keller verlegt, damit man auch bei Fliegeralarm arbeiten konnte.

Unvorstellbares Elend, auch in der Heimat, bei der Zivilbevölkerung, die obdachlos und mit Hunger kämpfend eine Bleibe suchte. Es hieß zusammenrücken, immer enger und enger. Die Angst um die Angehörigen draußen an der Front, die nächtlichen Bombenangriffe und der ständige Hunger machten die Menschen mürbe und verbittert. Es war abzusehen, daß dieser Krieg in einem noch nicht vorstellbaren Chaos enden würde.

Luftangriffe gehörten nun auch am Tag zum Leben. Fliegeralarm, das Donnern der Flakgeschütze und der Einschlag der Bomben, diese schaurigen Töne werden die, die das alles miterleben mußten, nie vergessen.

Es war ein Freitag, der Dreizehnte, der Marie immer in Erinnerung bleiben wird. Wieder einmal Fliegeralarm. Der heulende Ton der Luftschutzsirene, das Donnern der

Flakgeschütze – und dann eine fürchterliche Detonation, die das Schlimmste erahnen ließ. Eine unheimliche Stille folgte. Wie gelähmt warteten alle auf die Dinge, die nun kommen würden.

Was war geschehen? Draußen auf freiem Feld sah man ein riesiges Wrack, eine rauchende Kampfmaschine, die sich tief in die Erde gebohrt hatte. Die Nationalität dieses Flugzeuges ließ sich zunächst nicht erkennen. Erst beim Näherkommen sah man das amerikanische Hoheitszeichen.

Eine fliegende Festung der Amerikaner war abgestürzt, und nun mußte man der Besatzung zu Hilfe kommen, sofern es Überlebende gab. Ärzte, Sanitäter und alle verfügbaren Kräfte rannten zur Unglücksstelle und brachten jeden, der noch Lebenszeichen von sich gab, in das Lazarett. Aber für viele Besatzungsmitglieder gab es keine Hilfe mehr.

Bis zum nächsten Morgen operierten Doktor Wagner und seine Mannschaft die Schwerverwundeten, legten Infusionen und Verbände an, gaben schmerzstillende Injektionen. Die Ärzte und ihre Helfer arbeiteten wieder einmal bis zum Umfallen, um das Leben der jungen Männer zu retten, die sonst eines sinnlosen Todes gestorben wären.

Noch in der Nacht kamen der zuständige Ortsgruppenleiter und ein Sturmbannführer der SA, um sich über die Zahl der verwundeten amerikanischen Soldaten zu informieren, aber auch, um der Belegschaft Anweisungen über die Unterbringung der Verwundeten und das Verhalten ihnen gegenüber zu geben.

Die hochmütige und befehlende Art der beiden Funktionäre gefiel Doktor Wagner gar nicht; die Falten auf seiner Stirn besagten wieder einmal, daß er verärgert war. In einem Tonfall, den man sonst bei ihm nicht kannte, erklärte er den beiden unmißverständlich: »Als Oberfeldarzt kenne ich die Bestimmungen, nämlich, daß in diesem Fall die Wehrmacht und nicht die Partei zuständig ist. Aber vorerst sind diese Männer meine Patienten, und ich weiß, was ich zu tun habe. Und noch etwas: In diesem Haus gelten meine Befehle.«

Ohne Gruß drehte er sich um und verschwand eiligen Schrittes in Richtung OP. Alle waren wie gelähmt nach diesem Gespräch, denn man kannte die Macht der Partei und ihrer Funktionäre. So deutliche Worte, wie Doktor Wagner sie ausgesprochen hatte, konnten ihm unter Umständen zum Verhängnis werden, auch wenn er die Wahrheit gesprochen hatte. Doch es schien kaum glaublich, diese Worte hatten ihre Wirkung getan. Schweigend und unsicher, alles andere als siegesbewußt, verließen Ortsgruppenleiter und Sturmbannführer das Haus, begleitet von dem schadenfrohen Grinsen einiger Landser.

1944. In der letzten Kriegsweihnacht gab es nicht mehr viel zu feiern. Die Gesichter der Menschen waren müde, die Haltung der Männer und Frauen gebeugt. Der langanhaltende Krieg stellte die Nerven der Menschen auf eine harte Probe. Die ewige Jagd nach den Gütern des täglichen Lebens zermürbte sie. Das Schlangestehen um die Lebensmittel, die laut Karte jedem Normalverbraucher wöchentlich zustanden – 1000 Gramm Brot, 100 Gramm Fett, 200 Gramm Fleisch, solange der Vorrat reichte – ermüdete sie.

Die Raucherkarte besaß einen besonderen Stellenwert.

Sie stand den Männern ab 18 Jahren zu und allen weiblichen Personen ab 25 Jahren, diesen aber nur die Hälfte. Immer hatte es geheißen: »Eine deutsche Frau raucht nicht.« Jetzt war man ziemlich überrascht, daß auch Großmütter ihre Raucherkarten in Anspruch nahmen. Sie rauchten zwar nicht, benutzten aber dieses kostbare Objekt zum Tausch für andere Dinge, oder schickten das begehrte Kraut ihren Männern, Söhnen und Enkeln ins Feld. Zu dieser Zeit stiegen Mädchen über 25 Jahren erheblich in der Gunst der Soldaten; sie waren begehrte Freundinnen.

Feindliche Truppen hatten im Osten und Westen bereits die deutsche Grenze überschritten. Um die letzte Verteidigung der Heimat aufzunehmen, wurde der Volkssturm aufgerufen. Alle halbwegs geh- und verteidigungsfähigen Männer, darunter hauptsächlich Veteranen des letzten Weltkrieges, wurden amtlich erfaßt und zu den Übungen einberufen, um zu retten, was noch zu retten war. Allzuviel war es nicht mehr, denn Städte und Eisenbahnanlagen waren zerbombt, der Verkehr längst zusammengebrochen, die Wirtschaft lag am Boden.

In Mosen tat auch der Kramer-Sepp als Volkssturmmann seine Pflicht, ohne sich aufzubäumen, wie er es früher immer getan hatte, wenn es um Dinge ging, die seiner Ansicht entgegenliefen. Der Sepp hatte resigniert. Seit dem Tod seiner drei Söhne war er still und besinnlich geworden. Mutter Therese, von den Schicksalsschlägen alt und müde, meinte des öfteren zu ihrem Mann: »Wir zwei hab'n nimmer viel zu verlieren, seit unsere Buben tot sind.«

»Aber wir haben noch ein Dach über'm Kopf, viele hab'n des nimmer«, meinte dann der Sepp, »und wir hab'n uns zwei, und das ist viel.«

Aber auch das war bald in Frage gestellt. Amerikanische Tiefflieger beschossen alles, was sich auf der Erde bewegte. Feldarbeiten bei Tage waren unmöglich geworden, es war ein Risiko, sich im Freien aufzuhalten. »Mußt dich glei' auf'n Boden legen, wennst an Tiefflieger hörst«, belehrte der Sepp des öfteren seine Therese. »A Leb'n is' heutzutag' koan Pfifferling mehr wert.«

In den letzten Kriegsmonaten fehlte es in den Lazaretten an allem – Medikamente, Verbandsmaterial, Strom, alles wurde knapp. Einschränken, einschränken, hieß es. Daß ein trauriges, bitteres Ende nahte, das konnte man aus dem Volksempfänger hören, sofern er noch sendete, vielmehr aber noch von den verwundeten Soldaten, die von der Front kamen. Von diesen erfuhr man die tatsächlichen Ereignisse, und sie waren erschütternd. Alle hatten Angst, Angst um die Patienten, Angst vor den gehäuften Bombenangriffen, vor den Tiefffliegern, die alle bedrohten, und Angst vor dem, was noch auf die Menschen zukam.

Eine Frage bedrückte alle: *Werden die Amerikaner oder die Russen das Land zuletzt besetzen?* Wenn es die Amerikaner wären, wäre dies, wie man hörte, das kleinere Übel.

Aus der Ferne vernahm man eines Tages das Donnern der Artillerie und den Einschlag der Granaten, Geräusche, die immer näher kamen. In Unkenntnis der Dinge fragte eine junge Schwester einen Soldaten: »Ist das die Wunderwaffe, von der man hört, daß sie noch kommen soll?«

»Wunderwaffe?« antwortete der Verwundete. »Nein, meine Liebe, das ist die ›Ari‹, die Sie da hören. Diese Töne kennen wir zur Genüge.«

Dann kam wieder ein Tag, den Marie nie vergessen wird. Es war der 20. April, um zwanzig Uhr, als amerikanische Soldaten das Lazarett betraten, alle Türen nach draußen besetzten und den Leuten erklärten, daß sie nun Gefangene der amerikanischen Armee seien. Marie glaubte, nicht recht zu hören. Wir im Lazarett sollten Gefangene der Amerikaner sein?

Aber das war nur der Anfang. Schlimmere Dinge standen allen noch bevor. Doktor Wagner, als Chef des Hauses, übergab die verwundeten Amerikaner, denen es schon relativ gut ging, mit dem Operationsbericht und den verabreichten Medikamenten ihren eigenen Leuten.

Nun waren sie alle eingesperrt, abgeschnitten von draußen. Es gab keinen Kontakt mehr zu den Angehörigen. Den Schwestern wurde nicht erlaubt, zum Schlafen ihre Räume aufzusuchen. Wer Glück hatte, schlief auf einem Feldbett, sonst am Boden, auf Stühlen, wo gerade Platz war.

Einige Tage gingen sie unter diesen Bedingungen ihrer Arbeit nach, bis die Nachricht kam: »Das Lazarett wird verlegt.« Niemand wußte, wohin. Ein unvorstellbares Durcheinander entstand. Mit allem Inventar wurden sie auf Lastwagen verladen, angetrieben von den Besatzungssoldaten mit ihrem ständigen: »Mach schnell, Deutscher, mach schnell!«

Durchgeschüttelt und deprimiert kamen sie in einer Flakkaserne an, unweit von Göppingen – ein Teillazarett, so hieß es. Der Tagesablauf hatte eine Wende genommen. Mißtrauen und Unsicherheit bestimmten das Leben und die Tätigkeit der Schwestern, die einer sehr ungewissen Zukunft entgegensahen. Das Zeichen der NSV und das Hakenkreuz auf ihrer Dienstkleidung erschienen ihnen wie ein Kainsmal, für das sie sich bald rechtfertigen mußten.

Wiedergutmachung

Eines Morgens hieß es für einen Teil der Schwestern, die namentlich benannt wurden: »*Fertigmachen zum Abtransport.*« Schweigend packten sie ihre bescheidene Habe, und ohne ein Wort des Abschieds verließen sie unter Begleitung der amerikanischen Soldaten das Haus. Wohin der Weg führte, wußte niemand. Still und verunsichert gingen die Zurückgebliebenen ihrer Arbeit nach, bis es eines späten Abends wieder hieß: »*Folgende Schwestern fertigmachen zum Abtransport.*« Unter den verlesenen Namen war auch der von Marie.

Inzwischen war es draußen Nacht geworden. Vor dem Tor wartete bereits ein Lastwagen, den sie unter Aufsicht der Militärpolizei besteigen mußten. Dunkelheit und Nieselregen empfingen sie. Die finster dreinblickenden Soldaten hielten ihre Gewehre im Anschlag, und die Ungewißheit über das Ziel der Reise bedrückte alle und machte sie mutlos.

Frierend, dicht aneinandergedrängt, hing jede ihren Gedanken nach, denn das, was sie nun erwartete, brachte mit Sicherheit nichts Gutes. Der Laster rollte die Autobahn entlang, Kilometer um Kilometer, immer in östlicher Richtung. In der Dunkelheit war die Beschriftung auf einem Schild gerade noch mühsam zu lesen: »*Autobahn – München*«. Dann, nach längerer Fahrt ein Pfeil mit der deutlich erkennbaren Ortsbezeichnung »*Dachau*«. Bei diesem Verkehrszeichen bog der Fahrer ab. Wieder ging es weiter, der Straße entlang, bis er vor einem großen Eingangstor hielt.

Durchgefroren, durchnäßt und ängstlich entstiegen die Schwestern dem Fahrzeug. Wo waren sie? Aber da las Marie über dem Bogen des Eingangstores: »*Arbeit macht frei*«. Nun ging ihnen ein Licht auf: Sie waren im Konzentrationslager Dachau.

Entsetzt stellten sie dies fest. Dieses Lager war von einem Geheimnis umhüllt, es wurde nur unter vorgehaltener Hand davon gesprochen. Schreckliche Dinge sollen sich hier abgespielt haben, jedoch wußte man nichts Genaues. Niemand getraute sich, darüber öffentlich zu diskutieren, und so verdrängte man die Existenz dieses Lagers. Welch grausame Realität dahintersteckte, hat man später erfahren.

Daß die Schwestern an diesen schrecklichen Ort gebracht worden waren, erklärte man ihnen, hätte seine besonderen Gründe. Als eine der Partei angegliederte Organisation seien sie zur Wiedergutmachung eines Unrechts, welches das Dritte Reich verursacht hätte, verpflichtet.

Vorerst war allen nicht recht klar, welche Dienste sie zu leisten hätten, denn das Lager war, wie es schien, leer. Aber bald erfuhren sie, daß es noch teilweise belegt war: Die gehfähigen Häftlinge hatten es vor Stunden verlassen; Kranke und Sterbende blieben zurück. Es herrschten Typhus und Ruhr im Lager, viele Häftlinge waren von schwerer TBC gezeichnet. Die Schwestern hatten nun die Aufgabe, diese Leute zu pflegen und sie zu versorgen, »bis zu ihrer Genesung oder ihrem Tod«, wie es hieß.

Dann schloß sich das große Tor hinter ihnen. Sie waren umgeben von Mauern, hohen Zäunen und Stacheldraht. Es war ihnen unheimlich zumute, als sie die Lagerstraße entlangfuhren, und je näher sie den Häftlingsbaracken kamen, desto penetranter wurde der Geruch von Exkrementen, Blut und Schweiß. In den leeren Baracken der SS-Kaserne wurden sie verteilt und von amerikanischen Ärzten in ihre Arbeit eingewiesen.

Ein voller Mond stand am Himmel, und sein bleiches Gesicht leuchtete wie immer über die Welt und ihre Menschen. Doch diese Welt war anders geworden, trostlos, traurig, unüberschaubar.

Im Osten graute schon der Morgen, ein neuer Tag kam herauf. Nun wurden die Schwestern mit dem Leid dieser ehemaligen Häftlinge konfrontiert. Als erstes mußten sie alle Kranken von ihren Baracken in die SS-Kaserne umquartieren, getrennt nach Krankheit und Ansteckungsgefahr. Hier ließen sich die Charaktere der Menschen am deutlichsten erkennen. Die zum Teil Todkranken begegneten ihren Helfern auf sehr verschiedene Weise. Viele mit dankbarem Blick oder einer kleinen Geste, und einige Male hörte Marie sogar das vertraute »Vergelt's Gott«, wobei es ihr ganz warm ums Herz wurde. Andere wiederum belohnten ihre Hilfe mit gehässigen Blicken. Die, die Böses mit Bösem zu vergelten pflegten, spieen sie an.

Nach der Räumung der Häftlingsbaracken wurden die Schwestern beauftragt, diese mit Desinfektionsmitteln zu säubern – eine Arbeit, die bis an die Grenzen des Machbaren ging. Diese stinkenden, verdreckten Latrinen, die Fußböden und sonstigen Einrichtungsgegenstände, übersät mit Unrat und Exkrementen, wurden für sie alle zum Alptraum.

Ein Soldat, der Marie bei dieser Arbeit zusah, sagte dann in korrekter deutscher Sprache: »Das alles haben Sie Hitler zu verdanken. Es tut mir leid für Sie.« Bei diesen Worten war kein schadenfroher Ausdruck in seinem Gesicht, der gelegentlich bei anderen Amerikanern zu sehen war. Seine Miene war von tiefem Ernst überschattet.

Hitler zu verdanken, warum? Diese Frage bewegte Marie immer wieder und immer mehr. Weshalb wurde sie für Hitlers Anordnungen verantwortlich gemacht, wenn sie nichts damit zu tun hatte?

Aber auch für die Tatsache, daß hier Menschen gequält worden und zu Tode gekommen waren, weil sie andere religiöse Anschauungen, andere Gedanken hatten, oder weil sie einer anderen Rasse angehörten, fand sie keine Erklärung. Man konnte bei längerem Nachdenken verrückt werden. Marie zweifelte manchmal an der Weisheit Gottes, der zuließ, daß das Böse über das Gute siegte.

Der Rückweg von den Häftlingsbaracken zu den SS-Kasernen führte am Krematorium vorbei. Wie unter Zwang blieb Marie an diesem Tag davor stehen und warf einen Blick in diesen schaurigen Raum. Hier war es, als hätte man diesen Bereich gerade eben und in höchster Eile verlassen. Unaufgeräumt, Asche und Staub, ein Besen an der Wand, als hätte man ihn für einen kurzen Augenblick nur angelehnt. Überall Asche! Und dazwischen ein blauer Kinderschuh.

Lange mußte Marie diesen Schuh betrachten. Wer hat ihn wohl getragen? Von welchem Schicksal könnte er

erzählen? Marie verspürte ein flaues Gefühl in der Magengegend und mußte unwillkürlich an die kleine Paola in der
Via Veneto denken, die auch Schuhe in dieser Farbe getragen hatte. Dieser Kinderschuh ließ ihr keine Ruhe mehr. Er
verfolgte sie in den Schlaf, sie sah ihn neben ihrem Nachtlager, sie glaubte, dieses Kind zu sehen, das ihn verloren
hatte. Ihre Nerven fingen an zu rebellieren. Ihre Psyche
war angeschlagen, ihre Hände zitterten. Sie weinte.

Nach einigen Tagen mußte Marie erkennen, daß man
über Vergangenes nicht nachdenken durfte, über die Vor-
gänge, die sich hier ereignet hatten, über die Menschen,
die hier zugrunde gegangen waren. Man mußte die Vergangenheit ruhen lassen, um nicht selbst zugrunde zu gehen, und sich vermehrt der Gegenwart zuwenden, die
noch traurig genug war.

Die Verpflegung der Schwestern war relativ gut. Zu trinken gab es heißen Tee, denn immer noch bestand Seu-
chengefahr im Lager. Zum Dienst und in die Kantine
wurden sie zu ihrem Schutz von Soldaten begleitet, denn
es befanden sich noch immer gehfähige Häftlinge auf
dem Gelände, denen erlaubt war, die Wohnungen der SS-
Angehörigen, aber auch die Häuser außerhalb der Mauern
zu plündern. Mit den so erbeuteten Waren nahm der
»Schwarze Markt« in München seinen Anfang. Der Haß
dieser Menschen gegen die Schwestern war so groß und
offensichtlich, daß sie sie bespuckten und mit Gegen-
ständen nach ihnen warfen, so daß ein Schutz durch be-
waffnete Soldaten notwendig wurde.

Die Schlafräume der Schwestern waren die Büros der
ehemaligen SS, Feldbetten ihr Lager. Decken und Kopf-

kissen gab es keine, und sie froren sehr in den kühlen Mainächten. Aber immer, wenn die Not am größten ist, finden sich Menschen, die helfen. Es gab sie auch damals, diese hilfreichen Menschen, die an der Not des anderen nicht vorbeischauen konnten. So übergaben zwei Männer eines Tages Marie ein paar Kopfkissen und etliche Decken, die sie wahrscheinlich irgendwo »organisiert« hatten – ein Wort, das für »Stehlen« in Gebrauch war. Aber wer fragt schon nach dem Woher, wenn man in Not ist und Dinge des täglichen Lebens dringend braucht. Die geplagten Schwestern fühlten sich großartig in dieser Nacht, unter der wärmenden Decke und mit den weichen Kopfkissen, so daß sie nicht einmal ein schlechtes Gewissen hatten. Dann kamen Anordnungen, die sie nicht verstehen konnten.

Auf ausdrücklichen Befehl der Lagerverwaltung mußten die ausgehungerten Patienten alle zwei Stunden mit Nahrung versorgt werden. Marie gefiel das gar nicht. Diese ausgemergelten Körper, zum Teil mit Schwielen und Hungerödemen, konnten nach Jahren des Hungers und der Unterernährung unmöglich eine so reiche Nahrungszufuhr verkraften. Aber Maries Meinung war hier nicht gefragt.

Man hatte Befehle zu befolgen und das Denken anderen zu überlassen. Wie erwartet kam es zur Katastrophe. Die Körper der Patienten streikten, durch das reichliche Essen wurde ihnen zuviel zugemutet; es war nicht gut, daß man von einem Extrem ins andere fiel, von enormem Hunger zu maßlosem Nahrungsüberfluß. Das Resultat war eine hohe Sterberate. Einer nach dem anderen ging schließlich den Weg in den Tod. Über diese Toten machte Marie sich lange Zeit ihre Gedanken. Sie hätten ohne diese Mastkur durchaus überleben können. Andere Menschen wieder starben, weil der Körper nicht bekam, was er zum Leben brauchte. Wer wollte diese Welt noch verstehen?

Maries Gedanken gingen immer häufiger zurück nach Mosen, zur Mutter, die durch den Verlust ihrer Söhne so viel Leid erfahren mußte. Sie konnte nicht wissen, daß sie sich hier in diesem Ghetto befand, und es war auch nicht abzusehen, wie lange noch. Marie überlegte, wie sie ihr eine Nachricht zukommen lassen könnte, denn es gab für sie keine Verbindung in die Außenwelt. Dann kam ihr der Gedanke, daß ehemalige Häftlinge, die sich immer noch hier befanden, freien Zugang zur Stadt hatten. Ob sich wohl da ein Vermittler fände?

An so viel Glück konnte sie kaum glauben, als ihr einer dieser Männer seine Hilfe anbot. Tage vergingen. Eines Nachmittags bedeutete ihr ein amerikanischer Wachmann, daß sie mitkommen solle. Er brachte sie zum Tor des Lagers. Draußen, vor dem Zaun, sie konnte es kaum fassen, stand ihre Schwägerin Berta, die Frau ihres Bruders Alois, der in Stalingrad gefallen war. »Du bist hier in Dachau, Marie, das ist ja kaum zu glauben, das ist ja entsetzlich!« sagte Berta als erstes.

Marie liefen Tränen über die Wangen, und auch Berta weinte. »Ich bin Kriegsgefangene«, antwortete Marie, »und ich würde dich bitten, Berta, verständige die Mutter, daß ich noch am Leben bin«. Berta nickte, und beide weinten sie. Der Posten klopfte Marie beruhigend auf die Schulter, als ob er sie trösten wollte, und führte sie nach diesem kurzen Gespräch wieder zurück in ihre Baracke.

Es gab Veränderungen im Lager. Die amerikanischen Ärzte und ihre Belegschaft wurden abgezogen. An ihre Stelle kamen deutsche Mediziner, die nun die Leitung des Lagers übernahmen und denen die Schwestern nun unterstanden. Zu ihrem Schutz zogen die amerikanischen Soldaten, bevor sie das Lager verließen, einen Stacheldraht um den Wohnbereich der Schwestern, um so eventuellen Ausschreitungen der zurückgebliebenen Häftlinge zu begegnen.

Die Baracken der ehemaligen Lagerinsassen wurden vorübergehend von gefangenen SS-Soldaten belegt, die nach einer kurzen Woche das Lager wieder verließen. Die Zahl der kranken Häftlinge hatte sich erheblich verringert, zum Teil durch Entlassung, zum Teil durch deren Tod. Die restlichen Patienten kamen zur weiteren Versorgung in die umliegenden Krankenhäuser und Kliniken. Das Konzentrationslager Dachau, das eine traurige Berühmtheit erlangt hatte, wurde aufgelöst.

Die Schwestern wurden hier nicht mehr gebraucht. Mit dem Auszug des letzten Häftlings aus dem Lager war ihre Mission erfüllt. Ein trauriges Kapitel unserer Heimatchronik ist zu Ende gegangen. Sie gehört heute nun der Vergangenheit an, die in die deutsche Geschichte eingehen wird. Was Marie blieb, sind Erinnerungen an eine Zeit, die sie miterlebt, mitgetragen hatte. Sie wurde beschimpft, geächtet, bespuckt. Sie durfte in dieser Zeit aber auch Dank erfahren, den sie als überaus wohltuend empfand.

»Richtung Heimat«

Die Schwestern waren immer noch Kriegsgefangene der Amerikaner; ihre Zukunft war ungewiß. Wieder bestiegen sie einen amerikanischen Lastwagen, und wieder fuhren sie einem unbekannten Ziel entgegen. Als sich das Tor des Lagers hinter ihnen schloß, atmeten alle befreit auf, ohne noch einmal auf diese Stätte des Grauens zurückzublicken. Eine schmerzliche Phase ihres Lebens ging zu Ende.

Es war Sommer geworden, strahlende Sonne, blühende Wiesen und Felder. Beinahe hätten die Schwestern vergessen, wie schön die Welt und insbesondere ihre Heimat war. Je näher sie aber an München herankamen, desto schmerzlicher wurden sie daran erinnert, in welcher Zeit sie lebten. Die schöne bayerische Hauptstadt glich einem Trümmerfeld, zerbombt und verbrannt von unzähligen Fliegerangriffen während des Krieges. Die Fahrt ging, soweit Marie dies erkennen konnte, in westliche Richtung, aus der sie damals nach Dachau gekommen waren.

Daß der Krieg seit dem 8. Mai beendet war, wurde im Straßenbild deutlich. Amerikanische Panzer, Lastwagen, Jeeps, amerikanische Soldaten mit Maschinengewehren, amerikanische Militärpolizei, die den Verkehr regelte, und Waffen, Munition, wohin die Blicke auch gingen.

115

Eine Armee, reich ausgestattet mit Kriegsmaterial, aber auch mit Gütern des täglichen Lebens, von denen die Menschen damals nur träumen konnten. Die Soldaten waren gut genährt, Kaugummi kauend bevölkerten sie die Straßen, auf denen zuvor deutsche Soldaten marschiert waren – eine Demonstration des Sieges über das deutsche Volk.

Nach mehrstündiger Fahrt näherten sich die Schwestern Ulm, und schon bald konnten sie die Umrisse des Ulmer Münsters erkennen, des Wahrzeichens dieser Stadt, die, eingebettet in die Berge der Schwäbischen Alb, nach ihrer Bombardierung einen traurigen Anblick bot. Sie waren am Ziel ihrer Reise angekommen. Eine ehemalige Flakkaserne war ihr Domizil, ein verlassener Pferdestall ihr Schlafraum und Stroh auf dem Boden ihre Liegestatt. Hier warteten sie auf ihre Entlassung als Kriegsgefangene.

Eines morgens hieß es: »Oberkörper freimachen, Arme hochnehmen.« Zwei amerikanische Ärzte kontrollierten sie auf eventuelle Blutgruppentätowierungen, die bekanntlich Mitglieder der SS unter dem Arm trugen. Da bei keiner der Schwestern dieses Merkmal vorhanden war, verabschiedeten sich die beiden Herren mit dem inzwischen bekannten »Okay«. Bevor die gefangenen Schwestern diesen nicht sehr angenehmen Ort verließen, teilte man ihnen mit, daß sie hier nun zwei Wochen »Schonung« verbringen dürften – das Wort »Urlaub« wäre in Anbetracht der näheren Umstände nicht passend gewesen. Anschließend mußten sie sich als ehemaliges Pflegepersonal beim deutschen Amtsarzt melden, um sicherzu-

stellen, daß sie aus dem Konzentrationslager keine Krank-
heitskeime mitgeschleppt hatten.

Dann kam der Tag, an dem sie nun endgültig entlassen
wurden. Ein glücklicher Tag, so glaubte man. Doch das
Trauma war noch lange nicht beendet. Das Leben, das
Marie so arg gebeutelt hatte, stellte sie vor immer wieder
neue Schwierigkeiten. Es schien, als ob die Unglücksphase
kein Ende nehmen wollte. Aber nun war sie erst einmal
frei. Es war eine fragliche Freiheit, der sie entgegenging.

»Richtung Heimat« hieß es. Wiederum schüttelte der
amerikanische Lastwagen seine Fracht durch die Gegend,
Kilometer um Kilometer, immer das gleiche Bild: Besatzungssoldaten, amerikanische Fahrzeuge, zerstörte Ort-
schaften, mutlose Menschen. München, die einstmals
schöne Bayernmetropole, nahm sie traurig auf. An der
Ludwigsbrücke wurden die körperlich und seelisch stra-
pazierten Schwestern mit ihrer bescheidenen Habe und
zehn Reichsmark Notgroschen ausgeladen. Nun mußten
sie sehen, wie sie ihr Zuhause, sofern es noch eines gab,
erreichen konnten.
    Sie waren auf eine kleine Gruppe zusammengeschmol-
zen, diese jungen Frauen. Einige hatte sich im Lager infi-
ziert, andere waren den Strapazen nicht gewachsen gewesen, sie waren krank geworden. Sie, die letzten, standen
nun auf der Brücke, ein kleines Häufchen mutloser junger
Menschen, die sich plötzlich alleingelassen fühlten, sich
nach den ungeheuren Belastungen neu orientieren mußten und die nun selbst Entscheidungen zu treffen hatten.
Jahrelang hatten dies andere für sie getan.

117

Mit einem Händedruck verabschiedeten sie sich; still und ohne viele Worte gingen sie nach all dem Erlebten in verschiedene Richtungen auseinander. Lange sah Marie über das Brückengeländer auf das rauschende Wasser der Isar, das so tröstend und beruhigend war, und dann begann sie den gut hundert Kilometer langen Fußmarsch in Richtung Heimat.

Mit schnellen Schritten machte sie sich auf den Weg, um dem Trümmerhaufen München zu entfliehen. Sie wollte heraus aus dieser Stadt, deren Anblick traurig und deprimierend stimmte.

Der Abend kam, an diesem ersten Tag in der Freiheit, die alles andere als beglückend war. Die Stadt hatte Marie längst hinter sich. Das offene Land empfing sie etwas freundlicher. Nun war sie auf der Suche nach einem Nachtquartier, und der Hunger meldete sich. Sie hoffte, auf den umliegenden Bauernhöfen für eine Nacht Unterschlupf und ein wenig Brot und Milch zu bekommen.

Mehr zu erwarten, wäre vermessen gewesen, denn die Zeit der Besatzung brachte es mit sich, daß die Lebensmittelrationen noch einmal um mehr als die Hälfte der ohnehin schon knappen Zuteilung gekürzt wurden. Man war am Existenzminimum. Der Hunger war vorwiegend in den Städten allgegenwärtig. Die Menschen verhungerten zwar nicht, aber sie starben an mittelbaren Folgen der Unterernährung und an den zahlreichen Krankheiten. In den bäuerlichen Betrieben hatten die Leute noch das Notwendigste für sich und häufig auch für andere, die in Not waren.

Manche gebende Hand auf ihrem Weg in die Heimat

hatte Marie nie wieder vergessen. Sie muß wohl armselig und abgekämpft ausgesehen haben; denn die Bäuerin betrachtete Marie mitleidig, als sie ihre Hände an der Schürze abtrocknete und zu ihr sagte: »Kommst schon von weit her, weilst so elend ausschaust? Ja, ja, a schlimme Zeit hab'n ma und überall Amerikaner, wo man hinschaut. Zum Fürchten is des. Setz dich nur hin an den Tisch, i bring' dir glei was zum Essen. Schaust ja ganz ausg'hungert aus.«

Während diese gutmütige Frau heißen Malzkaffee, Butterbrot und Honig vor sie hinstellte, sprach sie weiter: »Und dableib'n kannst aa, über d'Nacht, i zeig' dir glei dei' Kammer.«

Es war ein unbeschreiblich schönes Gefühl für Marie, in einem richtigen Federbett zu schlafen, von den Strapazen des vergangenen Tages auszuruhen und an nichts zu denken.

Es war schon heller Morgen, als sie sich von dieser netten, freundlichen Frau verabschiedete. »Ich wünsch' dir Glück«, sagte die Bäuerin, »daß du gut heimkommst und daß dir nix passiert. In der heutigen Zeit weiß man des nie.«

So gut hatte sie es nicht immer auf ihrem Weg nach Hause. Sie schlief müde und erschöpft im Heu oder in einer Scheune auf Stroh, und bescheidenes Essen bekam sie überall. So ging sie viele Kilometer zu Fuß. Oft mußte sie weite Umwege in Kauf nehmen, weil Brücken gesprengt und Wege unpassierbar waren. Manchmal konnte sie den Fußmarsch für kurze Strecken unterbrechen, wenn sie auf einem vorbeikommenden Fuhrwerk aufsitzen durfte. Eine Wohltat für ihre müden Füße, die mit jedem Tag mehr zu schmerzen anfingen.

Auf dem Heimweg begegnete sie immer wieder Leidens-genossen, die mehr oder weniger dasselbe Schicksal tru-gen wie sie, Soldaten, die ihre Familien suchten oder auf dem Weg nach Hause waren. Ihre Gesichter wirkten apa-thisch, ihr Gang war müde. Aber auch Frauen und Kinder waren unterwegs, um eine Bleibe zu suchen, abgekämpft und gequält von Hunger und Unsicherheit. Man ging an-einander vorbei, jeder seinen eigenen Gedanken nachhän-gend, gezeichnet von den erlebten Strapazen – viele ohne Hoffnung.

In ihre Gedanken versunken hörte Marie plötzlich: »Grüß Gott, Schwester Marie.« Es war ein ehemaliger verwundeter Soldat aus dem Lazarett, der in entgegen-gesetzter Richtung nach Hause ging. Ein freudiges Er-kennen, eine willkommene Abwechslung in der Mono-tonie des langen Marsches.

Wieder ging ein Tag des beschwerlichen Weges zu Ende. Die Sonne war schon im Westen untergegangen, und der Abendstern stand leuchtend am Himmel. Es wurde Nacht. Wie schon so oft klopfte Marie wieder an die Fenster eines Gehöfts und bat um Aufnahme für diese Nacht. Es waren freundliche Menschen, die ihr die Tür öffneten und sie mit einer Schüssel Milch und einer großen Scheibe Brot bewirteten.

»Hast des schon g'hört, daß jetzt Leut' vor d'Spruch-kammer kommen, wenns' bei der Partei waren – zwecks der Entnazifizierung?« meldete sich die junge Bäuerin. »Als ob's net eh schon g'nuag wär, der lange Krieg … und mei Mo ist allaweil no in G'fangenschaft bei de Franzosen drent, und i bin mit der oiden Muadda und den

Kindern alloa auf dem Hof mit dem Haufen Arbeit. Is'
des aa no recht?«

Aber der Rechtsbegriff war in dieser Zeit eine fragliche Sache und schwer zu verstehen. Marie horchte
erstaunt auf. Entnazifizierung? Das wird wohl die
Menschen betreffen, denen man ein Vergehen nachwei-
sen kann? Sie, Marie, hat damit nichts zu tun, so glaubte
sie.

Daß auch sie später vor diesem Tribunal stehen würde,
angeklagt wegen Zugehörigkeit zu einer der Partei ange-
schlossenen Organisation, und daß sie als Wiedergutmachung zu einer Geldstrafe von fünfzig Reichsmark und
einem Tag, zur Reinigung der Baracken polnischer
Staatsangehöriger, verurteilt werden würde, das wußte
Marie damals noch nicht. Über diesen Schuldspruch wird
sie sich später ihre eigenen Gedanken machen. Sie wird
schwer begreifen, daß sie, die sich nie parteipolitisch be-
tätigt hatte und deren Leben nur auf das Helfen ausgerich-
tet war, im Sinne der Anklage schuldig sein sollte. Und
doch, so wird man ihr später sagen, sei sie, wenn auch mit
einem blauen Auge, gut davongekommen.

Auf einem Strohsack liegend, mit einer dünnen, zerschlis-
senen Decke zugedeckt, dachte Marie über ihr Leben
nach. Es war Hochsommer und die Nächte schwül. Es fiel
ihr schwer, trotz der müden, zerschundenen Füße gleich
Schlaf zu finden. Glück, was ist das? Nur einmal hielt sie
es kurz in ihren Händen, damals, als sie Michael begegnete. Eine kurze, aber unendlich glückliche Episode, viel zu
kurz, um dieses Glück festhalten zu können, das so verheißungsvoll war. Immer noch trug sie Michael in ihrem

Herzen, und manchmal glaubte sie, seine Stimme zu hören, seine gute, warme Stimme. Ob sie sich jemals von dieser Liebe freimachen kann? Dann sah sie sich in der Privataudienz beim Heiligen Vater unter den hohen Gästen des Klerus und des Adels, und sie erinnerte sich an die Schweizergarde, die Leibwache des Papstes, der auch Michael damals angehört hatte.

Plötzlich standen die Bilder des Konzentrationslagers Dachau vor ihrem inneren Auge, ganz nah, ganz deutlich. Sie wehrte sich, diesen Gedanken weiterzudenken. Sie wollte Abstand nehmen von diesem Lebensabschnitt, die Zeit verdrängen, die zu ihrer schmerzlichsten gehörte. Doch immer wieder quälten sie diese Bilder, und sie mußte erkennen, daß auch diese Zeit schicksalsbedingt zu ihrem Leben gehörte und daß ihre Gedanken diesen schrecklichen Erlebnissen nicht entfliehen konnten. Von weitem schlug eine Uhr Mitternacht, als Marie in einen bleiernen Schlaf fiel.

Eine Woche lang war die Straße ihr Zuhause, die sich in endlosen Windungen dahinschlängelte. Abgestumpft und müde, mit Blasen an beiden Füßen, erreichte sie Burghausen, die Stadt an der Salzach, in der Verwandte wohnten. Hier klopfte sie an und bat völlig erschöpft um Unterkunft. Marie konnte einfach nicht mehr weiter. Marie hat diese hilfsbereiten Menschen nie vergessen, die sie so selbstverständlich aufgenommen, und das Wenige, das sie hatten, mit ihr teilten. Nach zwei Tagen machte sie sich ausgeruht und mit neuen Kräften auf den Weg zur letzten Etappe ihres Marsches.

❦ *Heimkehr* ❧

Mit dem Rest ihres Schuhwerkes kam Marie an einem frühen Nachmittag hinkend in Mosen an. Endlich. Sie war am Ziel ihrer langen, beschwerlichen Reise. Sie war daheim! Sommerliche Temperaturen, Geschäftigkeit auf Wiesen und Feldern, das Rauschen des Wiesenbaches, die Kirche oben am Berg und der ländliche Frieden, dies alles nahmen ihre Sinne wohltuend auf. Sie war nach langer Zeit, nach all dem Erlebten, daheim.

Dann betrat Marie das kleine Haus am Dorfrand und öffnete die Stubentüre. Mutter wirkte zerbrechlich, müde und verhärmt. Ihr Haar war schlohweiß geworden. Als sie ihre Tochter sah, kam sie weinend auf sie zu, nahm sie in ihre Arme und sagte: »Gott sei Dank, Dirndl!«

Diese paar Worte sagten mehr aus, als eine lange Rede es vermocht hätte. Der Kramer-Sepp, Maries Stiefvater, war durch den Verlust seiner drei Söhne alt und still geworden. Etwas gebückt kam er ihr entgegen, reichte ihr die Hand und sagte: »Hast vui mitg'macht, Dirndl. Guat, daß du daheim bist. Kannst bleiben, solang du magst.«

Jetzt erst wurde ihr bewußt, was es heißt, eine Heimat zu haben. Zu lange hatte sie kein Zuhause gehabt. Nun fühlte sie sich geborgen und daheim. Ihr Makel, an dem sie Zeit ihres Lebens gelitten hatte, war plötzlich gegenstandslos geworden. Er hatte, wie so vieles im Leben, seine Bedeutung verloren. Sie war daheim, endlich daheim – nur das zählte.

In dieser Nacht schlief Marie tief und traumlos in der ›hinteren Stube‹, die einst die Großeltern bewohnt hatten.